ロゼと嘘
～大嫌いな騎士様を手違いで堕としてしまいました～
碧 貴子 Takako Midori
illustration 篁ふみ

「俺は君がどんな選択をしようと、君を愛するんだろう」

Rose & Lie

ロゼと嘘

~大嫌いな騎士様を手違いで堕としてしまいました~

Takako Midori
碧 貴子
illustration
篁ふみ

ロゼリア・ゾネントス

ゾネントス公爵家の令嬢。18歳。
最有力の王太子妃候補だったが、
ヒルデガルド伯爵令嬢に
その座を奪われる。
モント公爵家とゾネントス公爵家が
敵対しているため、ロルフとも
互いに嫌い合う仲——の
はずだったが……？

ロルフ・フォン＝モント

モント公爵家の次男。20歳。
王太子の筆頭護衛騎士として
活躍している。
敵対する家門のロゼリアに対して、
昔からとある感情を
抱いているようだが——？

Characters

Rose&Lie

Contents

Rose & Lie

イラスト：篁ふみ

I —— Rose & Lie

私を見下し、軽蔑する、冷たく青い瞳《め》。

潜るほどに青さを増す、深い海の底を思わせるその瞳からは、拒絶以外の何物も読み取れない。

私は、この瞳が、この男が、嫌いだ。

でも私が嫌う以上に、彼は私を嫌っている。

いつも私を、底の知れない不気味な瞳で睨《にら》みつけてくるのだから。


震える体を必死に掻《か》き抱く私に、今日も彼——モント公爵家の次男であり、王太子の筆頭護衛騎士であるロルフ・フォン＝モント卿《きょう》が、暗く深藍に変じた瞳を鋭く細めた。

「……ロゼリア・ゾネントス公女。これは一体、どういうことだ」

地を這《は》うような低い声に、体の震えが一層ひどくなる。

恐怖に、ではない。下腹に響く、その声に、反応しているのだ。

唇を噛《か》みしめて、火照《ほて》りで潤んだ目で見上げれば、きつく寄せられた漆黒の眉が、更に深く眉間にしわを刻む。

それもそうだろう、敵対する家門の娘、しかも体面を取り繕いもせずに嫌っている女が、よりにもよって目の前で発情しているのだから。

その声も、顔も、明らかにこの状況に腹を立てていることがわかる。

苛立《いらだ》ちと蔑みの込められた視線を真正面から受け止めて、私は、諦めと共に掠《かす》れる声を振り絞った。

「……ロルフ卿……」

「……」

「申し訳、ありません……」

本来であれば、今ロルフ卿の前で体を震わせていたのは、ヒルデガルド伯爵令嬢だったはずだ。

彼も自分が恋い慕う女性が媚薬《びやく》に苦しんでいるとあれば、もっと違う態度だっただろう。ヒルデガルド伯爵令嬢の前では、この男の瞳が、明るい海の色であることを私は知っている。

当初の予定では、私と同じ王太子妃候補であり、私が子供の頃から想《おも》いを寄せていた王太子と恋仲にあるヒルデガルド伯爵令嬢を陥れ、蹴落とすために、彼女に媚薬を盛る予定だった。

だけど、いくら憎い恋敵だとはいえ、陥れられて望まぬ相手と、しかも恋人である王太子の親友と契らねばならないなんてさすがに気の毒で、直前で計画を中止したのだ。

私が、良心の呵責《かしゃく》に耐えられなかったというのもある。

お父様には見限られたとしても、私が私を、これ以上嫌いにはなりたくなかったからだ。

なのに、まさか、私が媚薬を飲む羽目になるなんて。

侍女に、計画は中止すると、確かに伝えたはずだ。

「……私は……私は、ずっと……卿を……」

心にもない言葉を言わねばならない悔しさに、目の前が霞《かす》む。

だが、刻一刻とひどくなる熱と疼《うず》きで、こぼれ落ちる涙を拭う余裕もない。テーブルの上では、倒れたティーポットから、元凶である媚薬入りのお茶が赤いシミを広げている。

もう、後戻りはできない。

ロルフ卿も、このお茶を飲んだのだから。

こんな状況では、調べればすぐに、薬の出どころは露見するだろう。

王太子の親友であり、筆頭護衛騎士でもあるロルフ卿に薬を盛ったとなれば、我がゾネントス公爵家といえどただではすまない。ロルフ卿の実家であるモント公爵家と我がゾネントス公爵家は、長年敵対関係にあるのだからなおさらだ。

ならばここは、一縷《いちる》の望みをかけて、卿の情に訴えるしかない。どちらにしろ泥を塗らざるを得ないなら、被害は最小限に抑えるべきだ。

覚悟を決めた私は、視線を伏せて、苦渋の言葉を絞り出した。

「……ロルフ卿を………、お慕い、しておりました……」

絞り出した言葉と共に、きつく瞼《まぶた》を閉じる。

「だから……」

だが、その先が、どうしても出てこない。涙ばかりが、とめどもなく溢《あふ》れ出る。

自分が犯した失態とはいえ、好きでもない、それどころか唾棄するほど嫌われている相手に、自分から抱いてくれと頼まなければならないなんて、ひどすぎる。

けれどもこれは、少しでも疎ましい恋敵《ヒルデガルド伯爵令嬢》を陥れることを望んでしまった私への、罰なのだろう。

因果応報とはまさしくこのことか。

それにきっと、もし計画通りに事を進めていたら、謀られたヒルデガルド伯爵令嬢の苦しみは今の私以上だっただろう。

しかしそうは思ってみても、絶望に落とされた胸の苦しみは微塵《みじん》も軽くはならない。言葉の代わりに、嗚咽《おえつ》が漏れる。

その時。

唐突に腕を摑《つか》まれた感触で、私は驚愕《きょうがく》で飛び上がるようにして顔を上げた。

「ロ、ロルフ卿――」

「今の話は本当か」

びっくりするほど近くにある底光りする青い瞳に、目を丸くして息を吞《の》む。

間近で見ると、深い深い群青の海に、吞み込まれてしまいそうだ。吞み込まれたが最後、戻っては来られない予感がする。

溺れる恐怖に、無意識で息を詰める。

「今の話は本当なのかと、聞いている」

再び詰問されて、目の前の青い瞳に釘付《くぎづ》けになったまま、何も考えられずに頷《うなず》いてしまう。

すると、またもや唐突に解放されて、私は呆然《ぼうぜん》とロルフ卿の広い背中を目で追った。

音もなく部屋を横切った卿が、ドアの前で動きを止める。

やはり、私の拙い嘘《うそ》では、誤魔化されなかったのだ。

けれどもそれで、良かったのかもしれない。お父様には不甲斐《ふがい》ない娘で申し訳ないが、犯した罪は償うべきなのだ。

それに、今だったら私が勝手にやった単独の犯行ということにできる。差し当たっては、飲んでしまった薬をどうやって解毒するかだが、ここは王城だ、治癒術師だっているし、きっと何とかなるだろう。曲がったことは嫌いなロルフ卿が、どんなに嫌っている相手だとしても、媚薬に苦しむ女性をそのまま放置するなど、騎士の倫理に悖《もと》るようなことはしないはずだ。

嘘が通用しなかった落胆と共に、安堵《あんど》でほっと息を吐いたのも束の間《つかのま》。

——ガチャリと、鍵が掛けられた音が部屋に響き渡った。

そのまま、ロルフ卿が体ごと振り返る。

今や殺気すら感じる光る藍の瞳で睨みつけられて、今度こそ私は、心の底から恐怖で震えが走るのがわかった。

II ―― Rose & Lie

「お父様、無理です！　薬を――しかも媚薬《びやく》を盛るだなんて、私にはできませんっ……！」

机に置かれた毒々しい色の小瓶と、今しがた伝えられた命令の衝撃的な内容に、慄《おのの》いて後ずさる。

しかし、お父様の表情は変わらない。私と同じ紫色の瞳が、感情を乗せずにじっと私を見詰めている。

この顔は、私に落胆している時の顔だ。お父様の娘を十八年もやっているのだから、それくらいはわかる。

何より、お父様のこの顔こそ、私が一番よく見てきた顔なのだから。

「で、できません……。さ、さすがに、そんなひどいことは……」

瞬《まば》きもせずに見詰められて、最初は勢いがあった私の声も、徐々に尻すぼみになる。

最終的には、お父様から発せられる物言わぬ圧力で、私は項垂《うなだ》れて言葉を失った。

「……」

沈黙が、苦しい。

空気が粘性を帯びたかのように、纏《まと》わりつく。

だが、無理なものは無理だ。王太子妃になるのは、ヒルデガルド伯爵令嬢だ。その現状を覆すために、薬を使ってまで彼女を不名誉な状況に陥れるなど、そんな人の道に反することはできない。

私だって、彼女がいなければと何度も夢想したことはあるけれど、あくまで想像の範囲のことだ。子供の頃から憧れ、焦がれていた王太子殿下が、彼女に蕩《とろ》けるような眼差《まなざ》しや笑みを向ける度に、胸をナイフで刺されたような痛みが走るけれど、だからといって実際に、何かしようなどとは考えたこともない。

それにヒルデガルド令嬢は、身分以外は全てが理想的かつ、魅力的な女性だ。誰からも好かれる彼女を王太子殿下が選ぶのは、必然だったのだ。

同じ王太子妃候補とはいえ、身分こそ申し分ないけれども、人から疎まれ嫌われる私では、最初から勝負にならなかったのだ。

そもそも私は、誰にでも公平に接することで有名な騎士のロルフ卿《きょう》にすら、嫌われるような女なのだから。

形の良い漆黒の眉の下、藍色に変じた暗い瞳が脳裏をよぎり、胸がずきりと痛みを訴える。先だっても、殿下主催の茶会に列席した私を、ロルフ卿はものも言わず睨《にら》みつけてきたのだ。

唇を噛《か》んで俯《うつむ》くと、お父様の凍《い》てつくような声が部屋の空気を震わせた。

「お前は。どこまで私を落胆させたら気がすむ」

「……」

「できるかできないかではない。やれ、と言っているのだ」

ただでさえ冷たく重い部屋の空気が、さらに冷え込んでいく。

もちろん私だって、お父様を落胆させたくはない。けれども、薬を使ってヒルデガルド令嬢とロルフ卿が過ちを犯すように仕向けるなんて、無理だ。

第一、ロルフ卿は王太子殿下の親友ではないか。それこそ鬼畜の所業だ。

すると、いつになく頑《かたく》なに抵抗する私に、お父様が呆《あき》れたように深いため息を吐《つ》いた。

「国王の後妻がモント公爵家の長女である以上、お前は何としても、前王妃の子である王太子の妻とならなければならないのだ。我がゾネントス公爵家のためであることは言わずもがな、この国の安定のためにも、だ。そもそも王太子妃にゾネントス家の娘がなることは、暗黙の決定事項だったはず。それなのに……」

再び、お父様がため息を吐く。

言われなくても、仰《おつしや》りたいことは十分すぎるほどわかっている。

王太子妃候補は募られたものの、本来その選抜は形だけのはずだった。政治的均衡を保つため、ゾネントス公爵家の娘である私が王太子妃になることは、もちろん王太子殿下も了承していたことだ。

亡き前王妃殿下の実家の後ろ盾がないに等しい王太子殿下にとって、ゾネントス公爵家の後ろ盾を得るために私を選ぶことは、必然でもあった。にもかかわらず、王太子殿下の心を射止めたのは、何の因果か、後ろ盾にするには全く力を持たない伯爵家の娘である、ヒルデガルド令嬢だった。

つまり私は、国の二大公爵家――血筋も、家の歴史も、財力も、権威も申し分ないゾネントス公爵家という後ろ盾があってさえ、王太子殿下に選ばれなかった、ということになる。

お父様が失望するのも、当然だ。

「……とはいえ王太子妃の発表は、次の建国祭だ。だからまだ、ヒルデガルドの娘が王太子妃になるとは、正式に決まったことではない。それまでに、何としてでも、現状を変えねばならない」

「……」

「よいか。次の王太子妃がゾネントス公爵家の娘であることは、我が家のためだけではない、ひいては国の安寧に繋《つな》がるのだ。このままヒルデガルドの娘が王太子妃になったのならば、我が家を敵に回した後ろ盾のない王太子なんぞに、誰が仕えるというのだ。しかも今のモント家の王妃が生んだ王子がいるというのに、モントの奴《やつ》が黙っているわけがなかろう。となれば、王位継承をめぐった争いが起きるのは必然。二十年前と同じ――いや、それ以上の争いが起きるだろう」

そう、今の国王が王太子だった時、彼は当時の王太子妃候補であった今のモント公爵の妹ではなく、候補ですらない一介の伯爵家の娘と恋に落ち、周囲の猛反対を押し切ってその娘を王太子妃としたのだ。

だが幸いなことに、当時王太子であった国王には後ろ盾があり、貴族たちの反発を押さえつけるだけの力があった。

それでも国は大きく揺れたのだ、後ろ盾のない今の王太子殿下が同じことをしようものなら、血を血で洗う熾烈《しれつ》な争いが起きることは間違いない。

弾《はじ》けるような若さと美しさの持ち主であった前《さき》の王妃が早逝された原因について、未《いま》だに口にする者は誰もいない。前の王妃が亡くなられてから十年後、国王がモント公爵の娘を娶《めと》って初めて、ようやくこの国は落ち着きを取り戻したのだ。

「ヒルデガルドの娘には気の毒だが、そやつがこのまま王太子妃になれば、命すら危ういのは目に見えたこと。……なに、暴漢に襲わせようというんじゃないんだ、相続権のない次男とはいえ相手がモントの倅《せがれ》ならば、一介の伯爵家の娘には申し分ない相手といえよう。何よりこのまま国が混乱する事態を、ただ指を咥《くわ》えて待つわけにはいかなかろう？　そのためにも、我らがここで手を打たねばならんのだ。——わかるな、ロゼリア？」

打って変わって教え諭すような声音に、駄目だとわかっていつつも心が揺れるのがわかる。

それにお父様が言っていることは、誇張でも嘘《うそ》でもない。我が家のためという以上に国のためというのは言い過ぎであっても、実際ヒルデガルド令嬢が王太子妃になれば、有力貴族たちが反発して国が混乱するのは必至だ。

何より私自身、お父様に見捨てられたくないという思いがある。

そろそろと視線を上げれば、思いのほか柔らかな父の瞳に、ますます気持ちが大きく揺れ動く。

もしかしなくとも、ここで私が強硬な態度を続ければ、間違いなくお父様は私を見限るだろう。

さらには側《そば》にきたお父様が、念を押すかのように私の肩に手を乗せた。

「ロゼリア、やってくれるな？」

「…………はい」

「それでこそゾネントスの娘、私の娘だ」

そのまま優しく抱き寄せられて、頭を撫《な》でられる。

滅多にない出来事に、私は緊張で体が硬くなるのがわかった。

お父様に抱きしめられるなんて、幼子であった時にも数えるほどしかないというのに。

困惑はすれども、舞い上がるほど嬉《うれ》しい。

しかし、詳細な計画の打ち合わせを終えてお父様の書斎を出る頃には、早くも私の心は、後悔と罪悪感で押し潰されそうになっていた。


それから数日後。

私は計画実行のために、王宮を訪れていた。

建国祭に向けて、ヒルデガルド令嬢が毎日王宮を訪れていることは、周知の事実である。正式な発表はまだとはいえ、すでにもう王太子妃の教育が始まっているのだ。

随分と前から、周りは彼女を王太子妃のように扱っていたのだから、今更といえば今更ではあるのだけど。

それに今日は、いつもは片時もヒルデガルド令嬢を側に置いて離さない王太子殿下が、建国祭で行われる儀式の前準備で王宮を離れている。代わりに、殿下の腹心の部下であり、友でもあるロルフ卿が、ヒルデガルド令嬢の警護に当たっているのだ。

二人に過ちを犯させるのに、これほど都合のよいことはない。もちろんこの日のために、令嬢の侍女は前もって買収してある。

加えて厨房《ちゆうぼう》には、今回のために雇った我が家の手の者を複数人潜り込ませているから、まず失敗することはないだろう。人手が足りない厨房に人を潜り込ませるのは、造作もなかった。

容疑者を複数人置くことで、追跡の目を眩《くら》ます目的だ。言うまでもなく、事が露見した時には、とっくに彼らは逃げおおせた後である。建国祭の準備で慌ただしい今だからこそ、可能な計画だ。

唯一心配するとすれば、事件当日に私が王宮にいることで犯行の主犯を疑われることだが、それもまず問題ない。

建国時から続く家門のゾネントス家は、建国祭の儀式で役割があるため、私はここ数日連日で王宮を訪れている。今日私がいるからといって、疑いが強まることはないだろう。

どちらにしろ、ヒルデガルド令嬢に何かあれば私がまっさきに疑われるのだ、だったら敢《あ》えて現場に居た方が、容疑は軽くなるというものである。

いつものとおり儀式の準備を終え、帰るために王宮の正面玄関へと向かう。

先ほど伝令が伝えたところによると、ヒルデガルド令嬢も今日の予定を一通り終えて、休憩のために用意された部屋に向かっているらしい。当然、彼女の護衛役であるロルフ卿も一緒だ。

すでに全ての手筈《てはず》は整っている。このまま順調にいけば、頃合いを見て使用人が媚薬入りのお茶を侍女に渡すだろう。私は、ただ王宮から去るだけでいい。その後のことは、推して知るべし、だ。

顔を上げて堂々と、かつ優雅に王宮の廊下を進む私に、声を掛ける者はいない。

家紋の蛇が象徴するように、ゾネントス家の者は狡猾《こうかつ》で残忍、二枚の舌で巧みに人を欺くと世間では言われている。実際には、生と死を繰り返して成長する、知と富の体現者という意味の家紋なのだけど、正しい意味を知る者は少ない。

何より、先々代と先代、そしてお父様のイメージが先行しているというのもあるだろう。

でもお父様だって、世間が言うほど残忍で冷酷な人では、決してない。

確かに奸智《かんち》に長《た》けて狡猾なところがあるのは否めないけれど、それは権謀術数が渦巻く貴族社会を生き抜くためには必要なことだ。そもそも、敵とみなした人間、一度切り捨てた者に対して容赦がないのは、貴族ならば当たり前のことだろう。でなければ、足をすくわれるのは自分なのだから。

けれども私は、そんなゾネントス家のイメージが嫌で嫌で、だからこそ、せめて自分だけでも正直に、潔白であろうと努めてきた。

それに次の公爵であるお兄様は、世間が思い描くゾネントス公爵家とは、程遠い方だ。お兄様と二人、行動と態度で示していれば、必ずや負の連鎖を断ち切れると、いつかは世間もわかってくれると思っていた。

しかし、そんな自分は、何と子供だったことか。

おしなべて人は、自分が見たいもの、聞きたいもの、そうだと思うものを信じるようにできている。目に、耳に、心地良いと思えるものの前では、真実など二の次三の次なのだ。

しかも総じて真実とは、苦く、目を背けたくなるものがほとんどだ。耳に痛い真実を突き付ける人間は疎まれ、都合の良い甘い嘘を囁《ささや》いてくれる人間こそ歓迎されるというのが、この世の真理というものである。

ましてや私は、ゾネントス公爵家、蛇の娘だ。そんな私が真実を叫んだとして、誰が耳を傾けるというのか。それこそ疎まれ、嫌われ、唾棄されるだけだ。

公明正大なことで知られたロルフ卿ですらそうなのだから、他の人間ならばなおのこと。むしろ人が望むまま、狡猾で残忍なイメージでいることこそ、優しさというものだろう。

人は、ずっと綺麗《きれい》なままでいられることなど、できはしない。汚れなど一切ない、清らかな水に住む魚はいないのと、同じだ。

けれども。

あと少しで正面玄関に到着するという所で、私の足がぴたりと止まった。

確かに人は、綺麗なままではいられない。意に添わず手を汚さなくてはならないことはいくらでもあるし、誰かは汚れ役を務めなくてはならないからだ。

割り切ってしまうのが、賢いやり方であるのは重々承知している。それが最善の策だとも。

だけど一度汚した手は、二度と綺麗にはならない。見た目には綺麗になったとしても、自分自身が汚れたことを覚えているからだ。

きっと私は、一生今日のことを忘れず、自分を責め続けるだろう。果たして私は、そこまでの重荷を背負う覚悟があるのだろうか。

愛し合う者たちの仲を無残に引き裂き、癒えぬ傷を負わせて苦しませるだけでなく、自身も一生苦しむほどの価値が、今からすることにあるのか、ないのか。

そもそも道は、他にないと言えるのだろうか。

気付けば私は、来た道を引き返していた。


「お嬢様、どうかなさったのですか？」

踵《きびす》を返した私に、付き添いの侍女が訝《いぶか》し気《げ》に眉を寄せる。

ヒルデガルド令嬢に薬を飲ませるためには、私が王宮を離れなければ開始されない。なのに、王宮を出るまであと少しというところで、私が来た道を戻り始めたのが解せないのだろう。

「レティキュールを置いてきてしまったの。取りに戻るわ」

「ですが……」

彼女は、私の監視役だ。直前になって私が尻込みをしないか、お父様が寄越《よこ》したのだ。

「儀式で使う〝知恵の木の実〟が入ってるから、私が取りに戻らなくては。他の人間に触らせるわけにはいかないわ」

「……」

〝知恵の木の実〟は、今回の計画を表す暗喩だ。表立って話せない内容について、事前に様々取り決めをしているのだ。

つまりは、計画に綻びがないか再度確認したいという意味になる。

「ここは王宮だもの、私一人で大丈夫よ。あなたは少し遅れると御者に伝えてきてくれるかしら」

お父様に報告する分には構わないが、今からしようとしていることを邪魔されてはかなわない。私が計画を中止しようとしているとわかれば、必ずや阻止しようとしてくるだろう。

何とかして彼女を遠ざけたい私は、わざと含みを持たせて微笑《ほほえ》んでみせた。

「大事な家宝を置き忘れるなんて恥ずかしいわ。こっそり取りに戻りたいから一人で行きたいの」

もちろん、忘れ物などしていない。計画の確認をするのに、複数人で行って目立ちたくないと言っているのだ。そもそもここで長々とやり取りすること自体が、リスクだ。

それに、普通に考えたらこの状況で、今更計画を中止できるとは考えにくい。

疑いの目を向けていた侍女も、徐々に人の目が集まってきたことを気にしたのだろう、不承不承頷《うなず》いてようやく後ろに下がった。

ともすると走り出しそうになる足を必死に抑え、不審に思われないぎりぎりの速度で急いでヒルデガルド令嬢のもとへと向かう。厨房に行って中止の指示を出すことは不可能だが、買収した令嬢の侍女に伝えることができれば、辛うじて計画は中止できる。

ようは薬入りのお茶を飲ませさえしなければいいのだ。なんならポットを叩《たた》き割ったっていい。

そんなことをしても、殿下の寵愛《ちょうあい》を得られなかった私が、嫉妬に狂って嫌がらせをしたくらいにしか思われないだろう。こんな時、ゾネントス家の蛇の娘という肩書は便利だ。

私がまだ王宮にいる以上、お茶の用意はされていないはずだが、とかくはやる気持ちで、気が気ではない。人目がなくなったのをいいことに、ドレスの裾を持ち上げて、小走りにヒルデガルド令嬢がいるであろう休憩室へと向かう。

緋色《ひいろ》の絨毯《じゅうたん》が続く回廊を抜けて、角を曲がったところで、そこで私は、額に汗して探していた人物にばったりと行き会うことができた。

「まあ、ロゼリア様。ごきげんよう」

「ヒルデガルド嬢……」

「こんなところでお会いするなんて、なんて偶然でしょう！　嬉しいわ！」

にこにこと人懐っこい笑みを浮かべて、嬉しそうに胸の前で手を合わせる。

まだ正式に王太子妃に決まったわけでもないのに、一介の伯爵令嬢が国の二大公爵家、ゾネントス公爵家の公女を畏れもなく名前で呼ぶなど、相変わらずの非礼ぶりだ。彼女にとっては親しみを込めてのことかもしれないが、私は名前で呼ぶことを許した覚えはない。

内心またかと呆れつつも、今はそれどころではない私は、先ほどまで息を切らせていたことを気取らせない、涼やかな笑みを浮かべてみせた。

「ごきげんよう。ちょうど私《わたくし》、ヒルデガルド嬢を探していたところだったのです。こんなところで偶然お会いできるなんて、きっと運命ですわね」

いつもと違い嫌味の一つも言わない私に、ヒルデガルド令嬢がおやといった様子で目を見開く。しかしそれも一瞬で、すぐに笑顔に戻った令嬢が、くすくすとさも楽しそうに笑い声を立てた。

「ふふふふふ。ロゼリア様でも、ご冗談を仰ることがあるのね。でも嬉しいですわ」

「いえ、冗談など。本当に探していたのですよ？」

普段だったら、こんな白々しい会話には鳥肌が立つところだが、ヒルデガルド令嬢は心底楽しそうだ。本音がどうかは知らないが、この朗らかさが皆に好まれる所以《ゆえん》だろう。心にもないことを言うのを良しとしない私には、できない芸当である。

それでも今は、楽しそうに笑うヒルデガルド令嬢に合わせて、ふふ、と笑ってみせる。

お互いに笑い合って、その後でヒルデガルド令嬢が笑顔のまま、にこにこと口を開いた。

「ちょうど今からお茶を頂くところだったのです。だからここでお会いしたのは、運命に間違いありませんわ。もちろん、いらっしゃっていただけますよね？」

相変わらず傲慢極まりない言いようではあるが、こうも無邪気に言われると、咎《とが》め立《だ》てする方が白い目で見られる。断れば、それこそ私が白々しい嘘を吐いたと周りは思うだろう。

私が運命だと言ったことを逆手にとって、こちらが断りにくくなるように誘導しているのだ。絶対にわかってやっているはずだが、周囲の見解は違うらしい。

以前の私だったら、無礼な嘘吐き女だと苛立《いらだ》っていたことだろう。なぜ、そんな女が選ばれるのかと。

でも今は、自分の幼さを思い知るだけだ。

「ロゼリア様？」

「――そうね。ぜひとも、ご一緒したいわ」

落ちた視線を戻して、にっこりと笑みを浮かべる。

まさか私が応じるとは思わなかったのだろう、ヒルデガルド令嬢が戸惑いを隠しきれずに口を噤《つぐ》む。

手元の扇を開いて口元を隠した令嬢に笑みを向けたまま、私は言葉を継いだ。

「実は私も、令嬢をお茶に誘おうと思って探していたのです。昨日遠国から舶来の珍しいお茶が届いたのですよ。だから本当、〝運命〟ですわね」

「……」

言い終わって、袖の中に隠していたレティキュールから緋色の小袋を取り出す。

目線でヒルデガルド令嬢の後ろに控えていた侍女を呼び出した私は、小袋を侍女に手渡しつつ、ヒルデガルド令嬢に目線を戻した。

「せっかくですもの、一緒に楽しみたいわ。よろしいでしょう？」

「……ええ。ロゼリア様、ありがとうございます」

口元を隠していた扇を畳んでから、令嬢がくしゃりと笑みを浮かべる。人懐こく小首を傾《かし》げたその様は、まるではちみつ色の毛並みをした子犬のようだ。

嬉しそうに薄水色の目を細め、私の隣に立って腕を絡めてくる。

いつもと違う私の態度を訝しんでいるだろうに、微塵《みじん》も感じさせないところは、さすがとしか言いようがない。もしくは、本当に喜んでいるのか。

複雑な思いで顔を前に向けると、そこに、射貫《いぬ》くような青い瞳があった。

「ねえロルフ卿、ロゼリア様がご一緒してもいいでしょ？　私、ロゼリア様が用意してくださったお茶を飲みたいわ」

可愛《かわい》らしくねだる声にも、しかしロルフ卿の顔は険しくしかめられたままだ。腹の底を見透かすかのように、私の顔に視線を固定している。

この男は、いつもこうだ。私が何か企《たくら》んでいると疑っているのだろう。

大方間違ってはいないのが悲しいところだが、それでもやはり、蛇を見るような目で見られて喜ぶ人間はいない。たとえ嫌い合っている相手だとしても、嫌なものは嫌だし、傷つく。

けれども、すでに目的を果たした私は、これ幸いとロルフ卿を利用させてもらうことにした。

私だって、睨まれながらお茶をする趣味はない。

「ロルフ卿は私がお邪魔みたいね。でも仕方がないわ、ゾネントス公爵家とモント公爵家が犬猿の仲なのは誰だって知っていることだもの。残念だけど、諦めるわ」

侍女に渡した小袋は、万が一の時は計画を中止するように、という合図だ。計画続行の場合は青い小袋を、中止の場合は赤の小袋を渡す決まりだったのだ。

ちなみに中には、ただのお茶が入っている。だからこれ以上、私がここにいる意味はない。

丁寧に辞去の言葉を述べて、その場を離れることにする。

しかし、ヒルデガルド令嬢が逃がさないとばかりに絡めた腕に力を込めたため、引き止められた私は、小さくたたらを踏むことになった。

「だめよ！　家同士がどうかなんて、関係ないわ！」

「ヒルデガルド嬢、いいんです。お茶はまたの機会にしましょう」

やんわりと断って腕を引き抜こうとするも、ヒルデガルド令嬢の力は緩まない。ますます密着して、腕を絡めてくる。

一体、何なのだ。

まさか本当に、私とお茶がしたいとでもいうのか。

「いいえ、これはロルフ卿がいけないわ！　友情を引き裂こうとするなんて、騎士にあるまじき行いだわ！」

密《ひそ》かに心を寄せている女性にここまで言われてしまっては、さしものロルフ卿といえども引き下がるしかない。渋々——本当に渋々といった様子で、ゆっくりと道を空ける。

ヒルデガルド令嬢はというと、打って変わって上機嫌だ。にこにこと笑って、私を見上げてくる。

「うふふ。ロゼリア様のお茶、楽しみですわ」

こうなってしまえば、断る余地はない。さすがに、腕を振り払うわけにもいかないだろう。

心の中でため息を吐いた私は、笑顔を作ってヒルデガルド令嬢に応えたのだった。


けれども、結局私がヒルデガルド令嬢とお茶をすることはなかった。

王宮から離れた場所にある祭祀場《さいしじょう》にいるはずの王太子殿下が、突然部屋にやってきたためだ。

何日も――といっても、たった三日程度であるが――ヒルデガルド令嬢と離れていることに耐えられなくて、急遽《きゅうきょ》予定を早めて戻ってきたのだという。ならばお茶会は中止にしてくれればいいのに、私とロルフ卿という取り合わせが珍しい王太子殿下が、両家の関係改善のためにも、二人でお茶を楽しむようにと気を回したのだ。

ヒルデガルド令嬢と二人きりになりたいが、そうするとお茶を用意した私の好意が無駄になると思ったのだろう。まったくもって余計な気遣いである。もしくは、罪悪感か。

二人で恋人の時間を楽しむのは構わないが、人を巻き込まないでほしい。恋というものは、こうまで人を能天気にするものなのか。

結果、ロルフ卿と二人、部屋に取り残された私は、お茶が用意されるまでの時間を気まずい思いで過ごすことになった。

「……」

「……」

もちろん、会話が弾むわけもなく。

そもそも共通の話題がないのだから、話のしようもない。

ロルフ卿にしても、こんな時ばかりはもう少し気を遣えないものかと思うところだが、逆に二人きりだからこそ気を遣う意味がないといったところだろう。さすがに睨みはしなくなったけれど、瞳の色は深藍のままだ。整った顔立ちであるがゆえに、無表情で黙られると威圧感がある。

けれども、こうなることがわかり切っていた私は、目の前の存在はないものとして、一人考えに耽《ふけ》ることにした。

まさか殿下がいらっしゃるとは。

もしあのまま計画が続行されていたらと思うと、身の毛がよだつ。部屋を訪れたタイミングを考えると、殿下もお茶を飲まれていた可能性が高いからだ。

その場合、ロルフ卿はきっと席を外していただろうから、部屋には王太子殿下とヒルデガルド令嬢だけで、彼らは恋人同士なのだから過ちを犯したとしても問題ないとはいえ、仮にも一国の王太子に薬を盛るなど、考えただけでも冷や汗が出る。

間一髪とは、このことを言うのだろう。途中で思いとどまって、本当に良かった。

それに、これならお父様にも言い訳が立つ。殿下が早々に帰宮されたため、計画を中止せざるを得なかったと言えば、お父様だって怒りはしないだろう。

とはいえ、どちらにせよヒルデガルド令嬢が王太子妃になることは阻止できなかったのだから、不甲斐《ふがい》ない娘よと見限られるかもしれないが、それならそれで仕方がない。

第一我が家は、謀略がなければ成り立たないほど足腰の弱い家門ではない。政治的に返り咲く方法は、何も一つではないのだから。

静かに考えに耽っている内に、ドアをノックする音で現実に返る。

ロルフ卿の応《いら》えで部屋に入ってきた侍従が、私とロルフ卿の取り合わせに一瞬驚いた顔になるも、すぐさま表情を戻す。気配を消して、手際よく茶器をテーブルに並べたのち、侍従は音もなく部屋を出て行った。

どうやら買収した侍女は、ヒルデガルド令嬢のもとに戻ったらしい。彼女以外の人間がお茶を持ってきたということは、中止の意図は無事伝わったのだろう。

胸を撫でおろしつつ、茶器を手に取る。頑なに用意されたお茶を飲もうとしないロルフ卿を尻目に、私は優雅にカップに口をつけてみせた。

「いい香り。燻《いぶ》した草と、蘭《らん》の花みたいな香りがするわ」

ヒルデガルド令嬢に言った通り、このお茶が珍しい舶来の品であることは嘘ではない。遠国の文化が好きなお父様が、現地に貿易港を作って取り寄せたのだ。

実を言うと、飲むのは私も今日が初めてである。

「ちょっと、お酒みたいな味も。不思議」

僅かにピリリとした刺激が舌に残るが、嫌な刺激ではない。むしろ味の彩りを豊かにしている。発酵の過程でこんな風味になるのかしら、などと考えつつ、一杯目を飲み干す。

しかし向かいのテーブルの上には、未だになみなみとした赤い水面のカップが。

カップの位置は、先ほどから変わっていない。騎士として疑《うたぐ》り深いのはいいことだけど、さすがにこれはいかがなものか。

余程蛇の娘が怖いらしい。ふ、と鼻で笑う。

すると、私の嘲弄に扇動されて、ロルフ卿がむすっとした顔でカップを手に取った。そのまま、一息に飲み干す。

この男は、私相手ならば礼儀は不要とでも思っているのか。でも我が家との確執を考えれば、仕方がない。

テーブルの上に残されたソーサーにカップを戻すロルフ卿に、私はにこやかに笑みを向けた。

「いかがです？　少し葉巻の煙みたいな香りがしませんこと？」

「……俺は葉巻は吸わん」

「私も吸いませんことよ。でも、吸わなくても香りはわかりますわ。それともロルフ卿は、葉巻の香りをご存じないのかしら。だとしたら仕方がありませんわね」

せっかく人が場を和ませようとしたというのに、そんな気遣いは必要なかったらしい。それとも、話し掛けてくれるなというアピールか。

無粋極まりない返答に鼻白みながらも、それぞれのカップをお茶で満たす。

こうなったらティーポットの中身を減らして、さっさと切り上げるまでだ。それにちょうど、喉も渇いている。ヒルデガルド令嬢を探して、息を切らせたからだろう。

二杯目も飲み干し、用意された茶菓子を食べながら三杯目に口をつける。

すると、淑女らしからぬペースでお茶を飲む私に、ロルフ卿がわずかに眉を上げて声を掛けてきた。

「喉が渇くのか？」

「菓子が甘いからでしょう」

「それにしても飲み過ぎだろう」

四杯目のお茶を注ぐ私に、ロルフ卿が眉をひそめる。

その顔で、何となく私もおかしいなと思い始めた。

もう三杯も飲んだというのに、未だ喉の渇きは癒えぬままだ。加えて、やたらと暑くてしょうがない。座ってお茶を飲んでいただけだというのに、額には汗まで掻《か》いている。

「顔が赤いぞ。熱があるのでは？」

この男が私の心配をするなんて、珍しい。でも確かに、熱があるのかもしれない。

嫌い合っているはずのロルフ卿に心配されて、まんざらでもない自分がいる。

「ゾネントス嬢？」

四杯目を飲み干す頃には、明らかな体の異変に私も気が付いていた。

喉が、渇く。

暑い。

今や体の熱は服を着ているのが苦痛なほどで、酒でも飲んだかのように思考に靄《もや》がかかる。

一体なぜ、と思ったその瞬間。

強烈なとある衝動が、私を襲った。

「ゾネントス嬢、どう――っ！」

ぞわぞわとした痺《しび》れが、背骨を駆け上がるようにして全身に広がる。

同時に下腹の奥が、火で炙《あぶ》られているかのように疼《うず》き始めた。

「ううう……」

堪《たま》らず、太腿《ふともも》をきつく閉じ、体を掻き抱く。その際に、テーブルに足が当たった衝撃で茶器が倒れてお茶がこぼれたが、気にする余裕もない。瘧《おこり》に罹《かか》ったかのように、体が震える。

まるで、体内を蛇が這《は》っているかのようだ。

これは。

思い当たった可能性に、私は愕然《がくぜん》とした。

狼狽《ろうばい》して顔を上げれば、険しい顔で私を見下ろすロルフ卿がいる。その顔が、青い目が、驚愕《きょうがく》で見開かれる。

けれども、すぐに事態を把握したらしいロルフ卿の瞳の色が、徐々に濃く、冷たさを増していくのを目《ま》の当たりにして、私は今、自分がどんな顔をしているのかを、否応《いやおう》なしに知る羽目になった。

間違いない。

計画は中止されたはずが、中止されてはいなかったのだ。

私は、媚薬を飲んでしまったのだ。

「……ロゼリア・ゾネントス公女。これは一体、どういうことだ」

もはや私を見下ろす目は、黒に近いほど暗い。

燃える体と裏腹に、凍てつく心が、暗い海の底に沈んでいくような感覚に、私はなす術《すべ》もなく震え続けた。

――ガチャリと、部屋に鍵がかけられる。

炯炯《けいけい》と光る眼《め》で見据えられて、私は竦《すく》み上がった。

「どうしてこんな馬鹿な真似《まね》をしたっ!! 薬なんぞ使うくらいなら、なぜ言わないっ!? どんなに危険なことなのか、わからなかったでは済まされないんだぞ!!」

頭上から降ってくる怒号に、きつく目を閉じて体を小さくする。

そんなこと、言われなくても十分わかっている。私だって、好きでこんな状況に陥っているのではない。

深いため息の音で顔を上げれば、イライラとした仕草で髪をかき上げるロルフ卿《きょう》がいる。普段の彼では考えられない姿だ。

再び睨《にら》み据えられて、またも怒鳴られてはかなわない私は、震えながら掠《かす》れる声を張り上げた。

「だって、卿は私が嫌いでしょう!?」

「なっ……!」

「だから、こうするより他にないじゃない!」

負けじと睨み据えれば、ロルフ卿の顔に困惑が滲《にじ》む。

むちゃくちゃなことを言っている自覚はあるが、ここは押し通すしかない。薬のせいで回らない頭では、これが精いっぱいだ。

次第に、自分が言った言葉で悲しくなってくる。とうに泣き顔は見られているものの、溢《あふ》れてくる涙を見られたくなくて顔を背ける。

この状況が悲しいのか、卿に嫌われていることが悲しいのか、もう何が何だかわからない。ぐちゃぐちゃの頭でべそべそと泣いていると、いつの間にやって来たのか、すぐ近くでロルフ卿の声がした。

「怒鳴ってすまなかった」

「……」

「だがこんなことをせずとも、言ってくれればよかったんだ」

打って変わって穏やかな声だ。宥《なだ》めるような声音に絆《ほだ》されて、窺《うかが》いつつゆっくりと顔を向ける。すると、小さな子供にするように、膝を突いて私を覗《のぞ》き込むロルフ卿がそこにいた。

「それに。君のことを嫌ってなんかいない」

「嘘《うそ》」

「嘘じゃない」

「嘘よ。だって、いつも睨むじゃない」

「それは……」

恨みを込めて睨むと、ロルフ卿の顔が困ったものに変わる。変わらず眉はひそめられているものの、その下の瞳は随分と柔らかい。

この人は、こんな顔をするのか。

何か新鮮な気分で、現状を忘れて見入ってしまう。

しばし見詰め合うこと、数秒。

いつの間にか涙は止まっていて、目の前のロルフ卿が真顔になった。

「本当に、いいんだな?」

唐突に聞かれて、何のことかわからず戸惑うも、すぐに今の状況を思い出す。

再び同じことを問われて、私は視線を伏せて小さく頷《うなず》いた。

全くそうとは見えないが、ロルフ卿も媚薬《びやく》の入ったお茶を飲んでいる。お茶を飲んだタイミングを考えると、そろそろ症状が出ているはずだ。

症状の差は摂取量も関係あるかもしれないが、卿もこの耐え難い焦燥感に焼かれているに違いない。だとしたら。

それに、私もそろそろ限界だ。

「……っ」

頬を触れられて、びくりと体が揺れる。

触れられた場所から、静電気が広がっていくかのようだ。けれども、不思議と嫌悪感はない。

壊れ物を扱うように触れた手が、そっと顔を上げさせる。今は陰になって瞳の色はわからないが、そこに拒絶や侮蔑はないように見える。

吐息を感じる距離で見詰め合って、私はゆっくり瞼《まぶた》を閉じた。

「ふ……」

唇が触れた瞬間、全身に甘い痺《しび》れが駆け抜ける。背筋が痺れて、体から力が抜け落ちる。

ただ唇が重ねられているだけだというのに、口付けとはこんなにも甘美なものなのか。

抱き止められ、引き寄せられて、こんな状況にもかかわらず、何故《なぜ》かひどく安心する感覚を味わう。

「んんっ」

けれどもそれも一瞬で、吐息と共に口内に入り込んできたものの感触で、身の内の蛇が暴れ出すのがわかった。

口の中を掻《か》き回されるたび、頭の中も掻き回されているかのようだ。体の痺れはそのままに、下腹に溜《た》まった熱がドロドロと欲望を溶かして渦を巻いていく。

堪《たま》らず喘《あえ》ぎを漏らして体を密着させると、ふわりと体が宙に浮くのがわかった。

「あ……」

抱き上げられて、束《つか》の間《ま》唇が離れる。

離れた唇の柔らかさが名残惜しくて、縋《すが》るように見上げると、眉間のしわを深くしたロルフ卿が

無言で部屋を横切り始めた。

部屋の奥にある扉を蹴破るようにして開け、続きの間へと向かう。使われることを想定していないその部屋は、灯《あか》りもなく薄暗い。

ひっそりと置かれた寝台に下ろされて、私は上着を脱ぐロルフ卿を見るともなしに見守った。ありえない状況だというのに、驚くほどすんなりと現状を受け入れている自分がいる。逆にあり得な過ぎて、現実味がないからだろうか。

はだけたシャツとズボンというでたちになって、ロルフ卿が今度は私の服を脱がせにかかる。徐々に露《あら》わになっていく肌に、しかし羞恥は全く湧いてこない。

頭の中の靄《もや》は濃く、ひたすら体が疼《うず》いて熱い。服を脱がす指が肌をかすめる度に、びくびくと体が反応してしまう。あられもない声が出てしまいそうで、口元を手で覆って堪《こら》えるのでいっぱいいっぱいだ。

コルセットを解かれ、シュミーズを下ろされて、一糸まとわぬ裸体が晒《さら》される。

汗で湿った素肌が外気に触れる感覚で、ほ、と息を吐くのと、ロルフ卿が私の上に覆いかぶさるのは同時だった。

「ああっ！」

ふくらみの頂点を口に含まれて、体が跳ねて嬌声《きょうせい》が上がる。

ぬるつく舌で、先端を舐《な》められ、捏《こ》ねられて、信じられないような快感に高い声を上げて身を捩《よじ》る。

もはや他のことを考える余裕など、ない。ただひたすら、気持ちがいい。

同時に、硬く大きな手が、体を這《は》いまわる。でも決定的な何かは足りなくて、焦燥感が募っていく。

もっと強く、深く、痛いくらいの何かが欲しい。

無意識に腰を揺らしてロルフ卿の膝に押し付けると、湿った音を立ててそこが滑《ぬめ》るのがわかった。

「……ああんっ、も……おねがっ……」

自分が何を欲しているのかわからぬまま、懇願する。

すると、私の体を這いまわっていた手が、ぴたりと動きを止めた。そのまま、曲げた膝に手が置かれる。

脚を開かせるように内ももを撫《な》で上げた手が、そっと濡《ぬ》れた茂みを覆った。

「ひっ」

触れられて、それまでとは比べ物にならない快感に襲われる。同時に、体内に異物が侵入する感覚に、私の喉から声にならない空気が漏れた。

そんなところ、自分でも触ったことがない。

自分という境界の内に侵入され、崩される感覚がある。

怖い、けれどたまらなく気持ちがいい。

あんなにも嫌いだと思っていたロルフ卿にされているというのに、だ。

なんなく指を呑《の》み込んで、ひくひくと締め付ける。痙攣《けいれん》のような快楽の波が収まりきる前に、その指がぐるりと体内をなぞった。

「ああっ」

途端、どろどろと絡みつくような快感で、がくがくと腰が揺れる。指がとある一点を擦《こす》るたびに、腹の奥に耐えがたい疼きが溜まっていくのがわかる。

気持ちいいけれども、足りない。重く渦巻く熱と疼きで、どうにかなってしまいそうだ。せり上がり、膨らむ焦燥感で、身を捩ってロルフ卿に縋り付く。もはや自分が何を言っているのか、しているのかさえ、わからない。嬌声を上げ、泣きながら無理だと体を擦りつける。

すると、唐突に指が引き抜かれ、体が離されて、私は茫然《ぼうぜん》とロルフ卿を見上げた。いつの間に脱いだのか、鍛え上げられた胸板が視界いっぱいに広がる。視線を上にずらせば、耐えるかのように眉がひそめられた額には、汗が。

いつも冷静で隙のない男が今、髪を乱し、情欲を滲ませて、焦がれたように自分を見下ろしている。

その光景に、私の心臓が、ドクリと大きく跳ね上がるのがわかった。

「……責任は取る」

言い終わるよりも早く、熱くて硬い何かが、秘所のぬかるみに当てられる。

言われた意味を呑み込めないまま、それがめり込み、体を引き裂き貫く衝撃で、私は声もなく目を見開いた。

「──っ」

「……は」

一息に根元まで押し込まれて、全ての音が遠ざかり、目の前が赤く染まる。

痛い。

経験したことのない痛みと強烈な圧迫感で、体が硬直する。

けれども、それまで溶け切って用をなさなかった頭が、痛みで自我を取り戻したのがわかった。

「うう……」

「大丈夫、か……？」

徐々に視界がはっきりするにつれて、心配そうに私を覗き込むロルフ卿の顔が映る。固まってしまった私の体をなだめるように撫で、瞼に口付けて涙を吸い取る。

まるで、愛《いと》しい恋人を労《いた》わるかのようだ。

さらには優しく頭を撫でられて、私は泣き出したい思いに駆られた。

「痛むか？」

聞かれて、甘えるように肩口に顔を埋《うず》めて頷く。

確かに、痛い。けれども耐え難い痛みではない。

それに、痛みの奥には快感が。

何より優しく抱きしめられて、心が温かく解《ほど》ける感覚がある。

肌を重ねることが、こんなにも心地よいとは。相手がよりにもよってあのロルフ卿だというのに、全てを明け渡してしまいたい気分だ。

汗を掻いた広い背中に腕を回せば、私を抱きしめる腕に力が込められる。

抱きしめられて、繋《つな》がった場所が、柔らかく、包み込むように反応したのがわかった。

「あ」

ひくりと痙攣した途端、痛みが快感に置き換わる。

その変化がわかったのか、それまで動かずにいたロルフ卿が、強く腰を押し付けてきた。

「ああんっ！」

ぐりぐりと押し広げるように奥を圧迫される。

次いで小刻みに前後に出し入れされて、ぐちゃぐちゃと卑猥《ひわい》な音が部屋に響き渡った。

「あっ、は……も、もっと……」

再び、頭に靄がかかる。もはや与えられる快感を追うだけで、何も考えられない。

揺さぶられて、目尻に溜まった涙がこぼれ落ちる。

けれども、まだ足りない。

もっと、もっとと、子供のように泣きながらせがむ。

そんな私の手を取って、ロルフ卿が互いの指と指とを絡めて繋ぎ、シーツの上に縫い留めた。

「ロゼリア……」

「あ……」

低く掠れたその声は、焦燥を含んで、甘い。

耳元で囁《ささや》くように名前を呼ばれて、私の下腹が、ズグリと熱を増して重くなるのがわかった。

そのまま跳ねる私の体を押さえつけて、求めるように、追い詰めるように、腰が打ちつけられる。

芯が痺れるような快感で、頭が白く染められていく。

膨らみ、弾《はじ》け飛ぶその一瞬。

全てをロルフ卿に委ねた私は、白い光の中で意識を手放した。


それからのことは、よく覚えていない。

ドロドロと溶けるような熱と快楽に犯されて、互いの汗と体液に塗《まみ》れた嵐のような記憶しかない。

求め、求められて、何度も絶頂を迎えると同じく、ロルフ卿の欲望も受け止めた。

羞恥も理性もないそれは、獣のような交わりだ。

おぼろな記憶では、私が上だったことも。

最後は気絶するように眠りについて、そして、今に至る。

IV ― Rose & Lie

温かく弾力のある何かの上でうつ伏せて寝ていた私は、その心地よい何かが、ロルフ卿《きょう》の裸の胸であることに気付いた瞬間、さあっと血の気が引く感覚を味わった。

同時に、薬に冒されていた時の断片的な記憶が蘇《よみがえ》る。

赤くなったり青くなったりを繰り返して、固まった体を動かそうとしたところで、私は身動きが取れないことに気が付いた。

「う……」

鉛のように体が重く、節々が痛むこともさりながら、筋肉質な二本の腕がガッチリと私を固定している。苦しくはないが、抜け出すことはおろか、体を起こすこともできない。

それでも諦め悪く、もぞもぞと体を動かしていると、その腕が力を込めて私を抱きしめてきた。

「起きたのか?」

「え、ええ……」

問われて答えるも、声が裏返ってしまう。しかも自分の声とは思えないくらい、ひどく掠《かす》れている。

できればこの場は、ロルフ卿が起きる前に去りたかったのだが、どうやら無理だったらしい。あんなことがあって、どんな顔をしたらいいというのか。

再び嵐のような記憶が蘇り、カッと体が熱くなる。

身悶《みもだ》えしたい思いで羞恥に煩悶《はんもん》していると、いつの間に体勢が変わったのか、ロルフ卿が私を見下ろしていた。

「……っ」

私を見詰める瞳は柔らかに青く、甘い。

思わず息を呑《の》む。

羞恥で熱くなった体が、今度は別の意味で熱を持つ。急にドクドクと、心臓の鼓動が煩《うるさ》く聞こえだす。

自分が今、どんな顔をしているのかわからないが、私を見下ろす青い瞳から目を逸《そ》らすことができない。

時が経《た》つのも忘れて目の前の瞳に見入っていると、優しく頬を手で包まれて、気付けば私は口付けられていた。

「ん……」

もう片方の手が、私の指を絡めて繋《つな》ぎ止める。

開いた口の隙間から舌を差し入れられて、途端、頭の奥が痺《しび》れるような感覚で私の思考は霧散した。

もう薬は抜けたはずなのに、なぜ。

触れ合う肌と肌の感触が、たまらなく気持ちがよい。深く口付け合いながら触れられて、またも体が蕩《とろ》けだす。

考える暇もなく、奥に楔《くさび》を打ち込まれて、再び私は快楽の淵《ふち》に沈められることになった。


「――え?」

次に目が覚めた時、私は馬車の中だった。

馬の蹄《ひづめ》とガラガラと回る車輪の音で、急激に現実に引き戻される。

もしかして一連の出来事は夢だったのかと思うも、しかし。

「起きたか」

頭上から聞こえてきた低い声で、私は混乱した。

どうしてここにロルフ卿がいるのか。よく見れば私はマントで包まれていて、誰かの膝の上にいる。

恐る恐る顔を上げると、私を覗《のぞ》き込む青い瞳と出会って、私は硬直した。

「ゾネントス公爵家に向かっている。もう少ししたら着くだろう」

状況が、呑み込めない。

一体何がどうなって、私はロルフ卿に抱きかかえられて家に向かっているのか。

一応マントの下に服は着ているようだけど、コルセットを着けている感覚はない。髪も解《ほど》けたままだ。こんな惨状で、どうやって王宮を出たのか。

空恐ろしい予想に思い当って、ぶわりと冷や汗が出る。

すると、顔の色を失《な》くした私を、ロルフ卿が落ち着かせるかのように、マントの上から背中を撫《な》でた。

「大丈夫だ。誰にも見られていない」

「で、でも……」

「君が心配するようなことは起こっていない。君の名誉は俺が必ず守るから、安心しろ」

そうは言われても、私たちが二人きりで部屋にいたことは、多くの人間に知られている。部屋の惨状を見れば、私たちが何をしていたのかわかり切ったことである。

よしんばロルフ卿が筆頭護衛騎士の特権を使って隠蔽したのだとしても、少なくとも王太子殿下は、私たちの間に何があったのか知っていることだろう。

それに。

「お、お父様は……、ゾネント《う》ス公爵《ち》家からは、何と……」

私は監視の侍女を馬車で待たせていた。あれからどのくらい時間が経ったのかはわからないが、きっと侍女は戻ってこない私を探しに来ただろう。

であれば、計画が失敗したことも、何もかも全て、お父様には報告されているはずだ。

お父様は、絶対に私を許さない。

間違いなく、私は捨てられる。

すでに血の気は引き切って、手足の先が凍りそうなほど冷たい。まるで一人、奈落の底に落ちていくかのようだ。

私は震えが止まらなくなった。

「ロゼリア、大丈夫。大丈夫だ」

「……」

「ちゃんと責任は取る」

震える私を抱きしめて、宥《なだ》めるように背中を撫でてくる。

けれども、意味がわからない。責任を取るとは。

そもそもこんな状態でロルフ卿と一緒に家に行こうものなら、その場で絶縁されて締め出されるだろう。最悪、ロルフ卿は切り捨てられてもおかしくない。

第一ロルフ卿は、単に巻き込まれただけであって、何ら非はない。それどころか、放っておくことだってできたはずなのに、私の薬が抜けるまで付き合ってくれた。

男の人は、好きでもない女性ともそういう行為はできるというけれど、勝手に媚薬《びやく》を盛られた挙句、相手までしなくてはならないのは迷惑でしかないだろう。

それに、決して結ばれることはないとはいえ、ロルフ卿には好きな人がいるのだから。

朗らかに笑うヒルデガルド令嬢を優しく見つめるロルフ卿を思い出して、胸が黒く、重く、冷え切っていく感覚を覚える。まるで冷たい泥水を飲まされているかのようだ。

目の前が暗くなり、激しく自暴自棄な気分に陥る。もう、考えることも、息をすることすらも煩わしい。

なのに今、優しく私を抱きしめる腕とその温《ぬく》もりが、泣きたくなるほど心地よい。胸に私の頭をもたれさせて、子供にするように頭を撫でてくる。今の私には、抗《あらが》う力も、気力もない。

力の抜けた体をロルフ卿に預けた私は、その胸に埋《うず》めるようにして泣き出しそうな顔を隠した。

「……責任を取るって、どうするつもりですか?」

「公爵には、君と想《おも》い合っていた事実を告げて結婚の許しを得るつもりだ。こうなったからには一刻も早く、式を挙げるべきだろう」

何となくロルフ卿の答えを予想していた私は、ますます気持ちが沈み込むのがわかった。

お父様が、ロルフ卿と私の結婚を許すはずがない。何より、ロルフ卿に責任を負わせることはできない。

だって彼は、ただ巻き込まれただけの被害者なのだから。

唇を噛《か》んで息を詰めた私は、ゆっくりと息を吐き出してから重い口を開いた。

「……いいえ、ロルフ卿にそこまでしていただくことはできません。今回のことは私が勝手にやったこと。ロルフ卿には申し訳ありませんが、私たちの間にあったことは忘れてください」

「そんなわけにはいかない」

「いいえ、いけません。それにお父様も、モント公爵も、私たちの結婚は許さないでしょう。私は思い出をいただけただけでいいのです。だからこれ以上のことは、お気になさらないでください」

「駄目だ。第一、子供はどうする気だ。一人で育てさせるわけにはいかない」

にべもなく言い切られて、私は押し黙った。

今回、避妊は一切していない。時期的に、可能性がないとも言えない。

あんなにも精を受け止めたのだ、妊娠の可能性は否定できないだろう。

となると真面目なロルフ卿のことだ、性格的に見て見ぬ振りはできないだろう。たとえそれが好きでもない相手だとしても、だ。

そこまで考えて、私は埋めていた顔をゆっくりと上に向けた。

「子供ができているとは限りません」

「君と関係すると決めた時に、責任を取ると決めた。なかったことにはできない」

その目は、絶対に揺るがないと告げている。

確固たる意志を浮かべた青い目をしばらくの間見詰めて、再び私は口を開いた。

「お父様は許さないでしょう」

「ならば了承を得られるまで、説得するだけだ」

「モント公爵は？」

「問題ない」

「…………ロルフ卿は、それでいいのですか？」

「もちろんだ」

「……」

本当に、いいのだろうか。

今ならば、ロルフ卿が私を嫌ってはいないということはわかる。嫌っていないというのなら、何故《なぜ》あんなにも睨《にら》みつけてきたのかがわからないが、いくら媚薬が効いていたとしても、嫌い抜いている相手に、あそこまで優しさは見せないだろう。

それに、ロルフ卿は嘘《うそ》を吐《つ》くような人間ではない。彼が嫌ってはいないと言うのだから、それが事実なのだろう。

だとしたら、ロルフ卿が言うように結婚してしまえば、全てが丸く収まる。家同士の確執はあれど、本人たちが望むのであれば、国王の承認は容易に下りるはずだ。

それに私も、これまで嫌われていると思って敬遠し、あんなにも嫌いだと思っていたロルフ卿のことが、今は嫌だと感じない。むしろ彼の側《そば》で安心している自分がいる。

愛《いと》しい恋人に向けるかのような、優しくも熱のこもった視線と彼の体温に晒《さら》されて、一夜で彼の印象も、私の心も、塗り替えられてしまったようだ。何より体に刻みつけられ、焼き付けられた炎の記憶が、私の中で消えない熾火《おきび》となって熱を灯《とも》し続けている。

芽生え始めた言葉にできない感情に戸惑いつつも、そっと触れれば、切なくも、温かい。

であれば。

このまま流されてしまいたい思いと、いくらなんでも自分に都合よすぎる展開が申し訳ない気持ちとが、激しくせめぎ合う。

視線を伏せ、拳を作って葛藤する胸を押さえる。

するとそんな私を、ロルフ卿が包み込むように抱き寄せてきた。

「案ずるな。必ず何とかする」

深く柔らかい声音に、ますます泣きそうになる。

甘えるように首筋に顔を摺《す》り寄せれば、優しく抱きしめてくれる。

布越しに伝わる体温が、温かく、心地よい。体のだるさも相まって、ずっとこうしていたい気持ちになる。

けれども。

案の定事態は、上手《うま》くいくはずがなかった。

ゾネントス公爵家の門をくぐり、ロルフ卿に抱えられて馬車を降りた私は、降りて早々私たちを待ち受けていたお父様にむしり取られるようにして、ロルフ卿から離されることになった。

「モントの犬め。出ていけ」

「お父様違うのです！　私が――」

「お前は黙っていろ。グスタフ、ロゼリアを連れていけ」

隣に控えていたお兄様に、お父様が私を引き渡す。

憔悴《しょうすい》しきった私の様子を見て、お兄様が口を引き結んだ後、すぐさま私を抱えて無言で踵《きびす》を返した。

「お兄様、違うのです！　私が悪いのです！」

「ロゼ。何があったとしても、君は悪くない」

久々に聞くお兄様の優しく宥める声に、思わず胸が詰まる。お兄様は、ロルフ卿が私に無体を強いたと勘違いして、私を労《いた》わってくれているのだ。

ヒルデガルド令嬢とロルフ卿に媚薬を飲ませるはずだった計画は、お兄様には知らされていない。お兄様の性格上、絶対に反対するとわかっていたお父様が、お兄様には知らせずに計画を進めたのだ。だから今回のことは、ロルフ卿は被害者なのだと伝えたくても、詳細を伝えることができない。

それでも何とかしてお兄様の誤解を解きたい私は、必死に顔を上に向けた。

ロルフ卿に不名誉な嫌疑をかけられたままでは、いけない。

「いいえ、お兄様。ロルフ卿は巻き込まれただけなんです」

「ロゼ」

「詳しいことは、今はお話しできませんけれど、全部私が悪いんです」

昔と違って、なぜか最近のお兄様は私を避けていらっしゃるけれど、それでもお兄様には嘘を吐きたくない。自分に都合のいい嘘ならば、なおさらである。何より、ロルフ卿に申し訳なさすぎる。けれども、なおも言い募ろうとする私に、何故かお兄様の表情が険しいものになった。

「だから――」

「いいや、ロゼ。どう見ても責任はロルフ卿にある。君は今、自分がどういう状況かわかっていないんだ」

「それは……」

「なんにせよ、今は何も考えなくていい。まずはゆっくり休むんだ」

「……」

口調こそ優しいものの、有無を言わさぬ何かがある。

これは、相当怒っている。こういう時のお兄様には、何を言っても通じない。

今は口を噤《つぐ》むべきだと判断した私は、大人しくお兄様に従うことにした。

部屋に連れられ、自室のベッドに下ろされる。

お父様が用意させていたのだろう、お兄様が部屋を出るなり私の側仕えであるシンシアが、カートにお湯を張った盥《たらい》を載せて部屋に入ってきた。

「お嬢様、お体をお拭きしましょう」

「……ええ」

断る理由もないので頷《うなず》けば、シンシアが私を包んでいたマントに手をかける。

マントの下は、シュミーズ一枚を着ているのみだ。多分ロルフ卿が着せてくれたのだろうが、王宮の侍女を呼ぶわけにはいかなかったため、複雑な構造の服はロルフ卿一人では着せられなかったのだろう。そのシュミーズも取り払われて、光調の落とされた薄灯の中で素肌が現れる。

盥のお湯で布を絞って私の体を拭き始めたシンシアが、何故か、喉を詰まらせた。

「シンシア?」

「い、いいえ、お嬢様。お熱くはございませんか?」

「大丈夫よ、ちょうどいいわ」

「左様でございますか。では、腕を失礼いたします」

腑《ふ》に落ちないままも、促されて腕を上げる。

ふと視線を下に落とすと、虫に刺されたような赤い斑点が、体のそこここに広がっているのが目に入った。

思わず絶句する。

痣《あざ》のようなそれは、薬の副作用だろうか。

シンシアが喉を詰まらせた理由を悟る。きっと、私を気遣って言わなかったのだろう。

まるで熱病に罹《かか》ったかのようなそれに、心が重く塞ぎ込む。

人を陥れようとした罰だとしても、あんまりではないか。

純潔を失って、もはや嫁《か》せる身ではないといえ、もし痕が残ったらと思うと泣きそうになる。

それでも、これ以上シンシアに心配を掛けたくない私は、何でもない振りをして体を拭われるに任せた。

寝衣《ねまき》を着せられて、支えられて体を横たえる。

正直座っていることすら辛《つら》かった私は、横になってすぐ、泥が沈み込むように眠りについた。


そんな私が、本格的に体を動かせるようになったのは、一週間もとうに過ぎた頃だった。

家に帰った翌日から熱が出て、ずっと寝込んでいたのだ。

特に熱の高かった三日間は、ほとんど記憶がない。

けれども幸か不幸かそのおかげで、ロルフ卿との間にあった一連の記憶は曖昧になり、自分を酷《ひど》く責めることなく過ごすことができた。

シンシアを含めた周りの人間が、いつもと変わりなく接してくれたのもよかったのだろう。

お父様とはあれからまだお会いできていないけれども、お兄様は何度か顔を見に訪れてくれた。

近頃は、同じ家に住んでいても、お兄様とお会いすることが滅多になくなってしまったから、きっかけがなんであれ、以前のように庭の花を摘んで部屋を訪れてくれるお兄様と、久方振りに他愛《たわい》のない会話をすることができたのは嬉《うれ》しかった。

一点だけ、もし妊娠していたらどうしようという不安はあったけれども、それも今朝には解消された。

いつもは憂鬱な月のものの訪れに、こんなにも安堵《あんど》したことはない。

そこからさらに一週間、月のものが完全に終わった頃、ようやく私はお父様に呼び出された。

書斎のドアをノックして、窓際に置かれた机の前まで進む。

私に背を向ける形で立って、窓の外を眺めるお父様の背中を、見るともなしに見る。

私たちと同じお父様の淡い金の髪に、目立たなくとも幾筋もの白い髪が交じっていることを、その時初めて私は気が付いた。

「体はもういいのか?」

「はい。問題ありません」

「そうか」

振り返りざまに聞かれて、穏やかに答える。

今私の心は、驚くほど平静だ。この二週間の間に、色々と覚悟を決めたのだ。

たとえお父様に、今すぐ出て行けと言われても、仕方ないこととして受け入れるつもりで私はここに居た。

けれども。

「来週には建国祭が開かれる。予定通り儀式には出てもらいたい。できるな？」

「はい。出られます」

「うむ。では当日――」

一向にお父様の口から、ロルフ卿の名前と、例の事件について出てこない。

それどころか王太子殿下とヒルデガルド令嬢のことについても、触れる気配がない。これまであんなにも、私を王太子妃にと固執していたお父様にしては、不自然なくらい何も言ってこないのだ。

逆に、何事もなかったかのように振る舞うお父様に、私はだんだんと落ち着かなくなってきた。

あんな失態を犯したというのに、怒らないなんてお父様らしくない。

計画を無断で中止して失敗しただけでなく、宿敵の息子に痴態を晒し、挙句純潔を失ったのだ。

ずっと引き籠もっていたため、私とロルフ卿のことが世間でどう噂《うわさ》されているのかさっぱりわからないけれど、もはや王太子妃はおろか、その他有力貴族に嫁ぐこともできない。完全に価値を失ってしまった私を、お父様が黙って家に置いておくはずがない。

一体、何故。

建国祭について語るお父様の話を、平静を装って聞くも、頭の中は疑問符でいっぱいだ。掌《てのひら》に、じっとりと汗を掻《か》いているのがわかる。

けれども、肝心の話は出てこないまま、お父様の話が終わって退室の許可が出る。

軽く膝を曲げて礼を取った後、背中を向けて歩き出した私に、ようやくそこでお父様から声が掛けられた。

「あれが、お前と結婚させろとほざいている」

「……」

「毎度追い返しているというのに、毎日毎日煩くてかなわん」

呆《あき》れたような声音ではあるものの、その声からはお父様の真意はわからない。

無意識に、ごくりと唾を飲む。

背中を向けたまま歩みを止めた私に、お父様がゆっくりと言葉を続けた。

「お前は、どうしたい」

聞かれて、汗で濡《ぬ》れた掌をスカートで拭う。

気付かれないように呼吸を整えた後で、私は慎重に口を開いた。

「お父様の、ご随意に」

部屋に、緊張を孕《はら》んだ沈黙が下りる。

試すかのような視線を背中に感じて、私はまたもや掌が汗ばむのを感じていた。

「私は、お前が望むのであれば、それも致し方なしと思っている」

長い沈黙の後で、重々しいお父様の声が部屋に響く。

予想外の言葉に、一瞬何を言われたのかわからなかった私は、意味を理解した途端、驚いて後ろのお父様を振り返った。

「そ、それは、どういう……」

憎み合っていたと言っても過言ではない相手の息子と、結婚を許すだなんて、俄《にわ》かには信じがたい。何よりも家の威容と権威を気にするお父様が、私のために長年に亘《わた》る確執を流すなど、あり得ないからだ。

真意を窺《うかが》うべく、お父様の顔を凝視する。

けれども、激しく困惑する私をよそに、お父様が表情を変えることなく話を続けた。

「そのままの意味だ。お前が望むなら、モントの息子との結婚もやむなしと思っている」

「で、ですが……」

「こうなった以上仕方がなかろう。幸いお前と奴《やつ》の間にあったことは知られていないが、奴が求婚のために毎日我が家を訪れていることはすでに噂になっている。もはや王太子妃は望めない以上、奴と結婚するのが、一番収まりがよかろう」

淡々と説明されるも、啞然《あぜん》として話が頭に入ってこない。

私が部屋に籠もっていた間に、一体何があったのか。

確かにお父様の言うとおり、既成事実がある以上、ロルフ卿と結婚するのが一番穏やかな解決方法ではある。

しかし、お父様はそれでいいのだろうか。いつものお父様だったら、家の名誉を汚したとして、私に絶縁を言い渡していただろう。

あまりの変わりように、驚きを通り越して不安になってくる。

どう反応したらよいかわからず黙って見詰めていると、お父様が神経質そうに眉を寄せて見返してきた。

「お前は嫌なのか？」

「い、いえ……そういうわけでは……」

「まあ、相手があのモントの子倅《こせがれ》となれば不服なのもわかるがな。それに、私も今のままで結婚を許すつもりはない」

お父様らしい言いように、何となくほっとする。

当たり前ではあるが、諸手《もろて》を上げて賛成というわけではないらしい。

「奴がどうしてもと言うのなら、ゆくゆくは考えてやらんでもないが、今の子爵位風情のままでお前をくれてやるわけにはいかん。奴の叙爵が望めない内は、結婚はないものと思え。話は以上だ」

「……はい」

再び小さく礼を取って、今度こそ書斎を後にする。

自室に戻ってカウチに腰掛けた私は、長く息を吐き出してから、ころりと横になった。

今日私は、お父様から絶縁を言い渡されるものとして臨んでいた。

もしくは、絶縁とまではいかずとも、領地の奥にある寒村の修道院で、世捨て人として一生を過ごせと言われるものとばかり思っていた。

なのに、失態を咎《とが》められないばかりでなく、まさかロルフ卿との結婚を薦められるとは。

天地がひっくり返ったような気分とは、このことを言うのだろう。

それに。

あのロルフ卿が、お父様に許しを求めて毎日我が家を訪れていたなんて。

ロルフ卿こそ、うちのお父様を毛嫌いしていたはずだ。

そもそもずっとロルフ卿には嫌われているとばかり思っていたのが、実は嫌われてはいなかったというだけでも驚きなのに、私のために世間体も顧みず、自らを犠牲にしてまで責任を取ろうとしてくれるとは、誰が想像できただろう。

横にした体を丸くすれば、馬車の中で交わしたロルフ卿との遣《や》り取《と》りを思い出す。

私を覗き込む、柔らかに深く、甘い瞳を思い出して、私の胸が、心臓を優しく摑《つか》まれたかのように切ない疼《うず》きを訴えた。

やおら体を起こし、音を立てずに隣室にあるクローゼットへと向かう。

広いクローゼットの一番奥、目立たぬよう服と服との間に紛れ込ませて掛けられた、ロルフ卿の瞳と同じ色のマントを取り出して、私はそっとそれを身に着けた。

いつぞやと同じように、身を包むようにして羽織れば、ふわりと潮風を纏《まと》った木の匂いがする。顔を埋《うず》めて深く息を吸い込めば、少し煙たいような、野性味を感じさせる匂いの奥に、ほのかに甘い蜜の香りが。

途端、香りの記憶から、汗を掻いて私を見下ろすロルフ卿の姿を思い出して、堪《たま》らず私はその場にうずくまった。

薬を飲んでお互いに正気でなかったとはいえ、あの日のことは思い出すだけで赤面してしまう。痴態を晒したことはもちろんながら、私を乱れさせるロルフ卿の記憶に、思わず呻《うめ》き声《ごえ》が出てしまう。

優しく、かつ激しい愛撫《あいぶ》に、息もできないような口付け。まるで愛しい恋人を見るかのようなあの眼差《まなざ》しを思い起こして、身の内に震えが起きる。

耳元に、私の名前を呼ぶ低く掠れた声が蘇り、私の胸が締め付けられたように苦しくなった。

私は、ロルフ卿のことは好きではないはずだ。

もちろんそれは、ロルフ卿も。

なのに今はロルフ卿のことを考えると、鼓動が速くなって胸が苦しくなる。

会いたいという思いと、会うのが怖いという思いがせめぎ合って、自分が何を望んでいるのかわからなくなる。

同時に、ひどい自己嫌悪も覚える。

私は、薬を飲ませた挙句、嘘を吐き、尻拭いをさせただけでは飽き足らず、ロルフ卿に全ての責任を負わせようとしている。私がロルフ卿を好きだと嘘を吐いたせいで、真面目で責任感の強いロルフ卿は負わなくてよい責任を負い、好きでもない私なんかと結婚するつもりでいるのだ。

これでは、謀ったも同じだ。

なのに、ロルフ卿が毎日求婚に訪れていたと聞いて、胸の高鳴りを覚える自分がいる。嬉しい、けれども申し訳ない。

そして何より、都合よく収まるならそれでいいと思ってしまっている自分が、心底嫌いだ。

のろのろと立ち上がり、羽織っていたマントを脱いで、もとあった場所に戻す。マントに残ったロルフ卿の香りが消える頃には、きっとこの思いもなくなっていることだろう。

結婚を許すと言っても、それはロルフ卿が叙爵されたらの話だ。

モント公爵家出身であっても、次男のロルフ卿に相続権はなく、今の子爵位も彼自身の功績で手に入れたものだ。そんな彼が叙爵されるには、何らかの功績を上げなくてはならない。

戦時中であればいざ知らず、平和の世で騎士であるロルフ卿が今以上の功績を得るのは、至難の業《わざ》だ。つまりは、不可能と言っていい。

お父様もそれをわかっているからこそ、結婚の条件として叙爵を挙げたのだろう。そして間違いなくロルフ卿も、お父様の真意はわかっている。

だからきっと早々に、ロルフ卿も私との結婚は諦めることだろう。

諦めて去っていくロルフ卿を思うと、胸が針で刺されたような痛みを訴える。

けれども、そもそも私は、何かを望めるような立場ではない。お父様に絶縁を言い渡されなかっただけ、良しとしなくては。

大きく息を吸って、吐いてを繰り返して、ロルフ卿のマントに背を向ける。

後ろ髪を引かれる思いを振り切るかのように、足早にクローゼットを出た私は、最後に一度部屋の中を眺めてから、そっとドアを閉じた。


それから一週間後。

晴れ渡る青空の下、滞りなく建国祭の儀式を終えた私は、緊張しながら王宮の門をくぐった。

王宮を訪れるのは、あの日以来初めてだ。それどころか、今日までずっと、家から外に出てもいない。

本音を言えば、今は誰とも会いたくはないし、建国祭の儀式にも出たくはなかったのだけど、お父様の言いつけとあらば、従うよりほかはない。

となると、儀式後のパーティーにも出ないわけにはいかないだろう。何より今のこの状況で、不自然に引き籠もれば皆に要らぬ憶測を生む。

それというのも、今世間は、ロルフ卿が私との結婚を許してもらうため、熱心に我が家に通っているという噂で持ちきりだからだ。

後から知ったのであるが、私が引き籠もっている間に、公の場でロルフ卿がお父様に結婚の許しを願い出たのだという。さらには国王にまで口利きを願い出たとあっては、今や結婚に反対するお父様を何とかして説得したいとロルフ卿が奮闘している話を、知らぬ者はいないといった状況だ。

加えて、敵対する家門同士、しかも私は王太子妃候補で、ロルフ卿はその王太子の護衛騎士であり親友でもあるという、絵に描いたような許されざる恋である。となれば、まず話題にならないわけがない。

だから今社交界では、私たちの一挙手一投足に注目が集まっていた。

果たせるかな、覚悟はしていたけれども、会場に足を踏み入れた途端、皆の視線が私の顔に集中する。公女として、幼い頃から注目を集めることには慣れてはいるけれども、今日の視線の圧はこれまでの比ではない。

不幸中の幸いは、護衛騎士であるロルフ卿は王太子殿下の側に控えていなければならないため、こちらが近寄りさえしなければ会わずにすむことだけど。

最低限の挨拶だけ済ませてから、そそくさと身を隠す場所へと向かう。

会場正面付近から、これまた圧のある視線を感じるが、もちろん気付かない振りをする。

こんな時、場の気休めに話ができる友達がいればいいけれど、私にそんな相手はいない。人ごみに紛れて壁際へと向かうも、王族に次いで身分の高い私に親しく声を掛ける者もいない。

何よりゾネントスの娘には、皆興味はあっても近寄りたくはないのだろう。

まあ、いつものことだ。割れる人垣を気にせず、身を隠す場所を探す。

丁度良く、柱とカーテンが人々の視線から死角となりそうな箇所を見つけた私は、ほっと息を吐いてそこに向かった。しかし。

「……ヒルデガルド嬢……？」

「……っ！　ロ、ロゼリア様……」

予想外の先客が。

まさかこんなところでヒルデガルド令嬢に会うとは思っていなかった私は、軽く目を瞠《みは》って動きを止めた。

建国祭の今日、このパーティーで、ヒルデガルド令嬢と王太子殿下の正式な婚約が発表される。

つまりは、彼女こそがこのパーティーの主役である。その主役が何故、こんな会場の隅に隠れるようにして居るのだ。第一、華やかで社交的な彼女は、いつだって率先して人々の注目を集めているというのに。

不可解な状況に出くわして、驚きながらもヒルデガルド令嬢を観察する。

するとこれまた珍しいことに、気まずそうに口を引き結んだヒルデガルド令嬢が、私の視線を避けるようにその顔を下に向けた。

「こんな場所でお会いするなんて、奇遇ですわね」

「え、ええ……」

「それはそうと。このたびは王太子殿下とのご婚約、誠におめでとうございます。同じ王太子妃候補であった身ではありますが、心からお二人のご婚約をお祝いしております」

衒《てら》いなく微笑《ほほえ》んで、心からの祝辞を述べる。

少し前の私では、考えられない変わりようだ。きっと以前の私だったら、打ちのめされた思いでいっぱいで、お祝いを述べるどころではなかっただろう。

でも今は、素直にヒルデガルド令嬢こそ王太子殿下とお似合いだと思えた。

「しかも双方が想い合っての結婚ですもの、これほど喜ばしいことはありませんわ。これからは一臣下として、両殿下の幸せをお祈り申し上げます」

発表前ではあるが、彼女はもう王太子妃も同然である。きちんと分を弁《わきま》えた態度で礼を取る。

しかし、私が顔を上げてもまだ、ヒルデガルド令嬢は下を向いたままだ。引き結んだ口元もそのままに、腕を摑んで眉まで寄せられている。

まるで何かに耐えるかのようなその様子に、さしもの私も訝《いぶか》し気《げ》に首を傾けた。

「ヒルデガルド嬢？　どうかなさいまして？」

「……」

「もしや、ご気分でも……？」

婚約発表を控えて、緊張で気分を悪くしているのかもしれない。

そう思い当たった私は、通りすがりの給仕の者を呼び止めて、柑橘水《かんきつすい》を持ってこさせることにした。

「よろしければいかが？　さっぱりしますわよ」

グラスを手渡して、自身も同じものに口をつける。

会場の熱気で喉が渇いていたところに、爽やかな柑橘の香りと炭酸の刺激が心地よい。三分の一ほど飲んで顔を戻すと、何故か先ほどよりも顔色を悪くしたヒルデガルド令嬢がいた。

「大丈夫ですか!?　やはりご気分が優れないのでは!?」

グラスを持った手が傍目《はため》にもわかるほどに、ぶるぶると震えている。

中の液体がこぼれて手袋を濡らしているのを見てとって、私は慌てて近くの者にグラスを預けてからハンカチを取り出した。

「どうなさったのです？　何か私にできることは――」

「……あなたは。あなたはどうしてそんな……」

「え？　今、何と……？」

今やヒルデガルド令嬢は、完全に顔を背けて、まるで自分を掻き抱くかのように腕をきつく摑んでいる。とても尋常な様子には見えない。

小声で何かを言われて、戸惑いつつも顔を近づける。

しかしその時。

背後からかけられた朗らかな声で、私はすぐさま後ろを振り返った。

「やあ、こんなところにいたのかい。どこにいるのかと探してしまったよ」

にこにこと笑う王太子殿下に、深く膝を折って場所を空ける。

他は目に入らないといった様子で真っすぐヒルデガルド令嬢のもとに行った王太子殿下が、彼女の腰に腕を回して脇に抱き寄せてから、私に顔を向けた。

「ロゼリアすまない、手間をかけさせてしまったね」

「いえ、私はなにも」

「はは、ありがとう。じゃあ僕たちは行かせてもらうね」

そう言って、ヒルデガルド令嬢を連れて颯爽《さっそう》とこの場を離れる。

途中、ヒルデガルド令嬢が縋《すが》るように私を見てきた気がするが、殿下に連れられて、あっという間に人垣の向こうに消える。

会場の中央に向かう殿下たちを見送って、私はほっと安堵の息を吐いた。

衆目は今、全て殿下たちに集まっている。皆、殿下たちの婚約発表を待っているのだ。

私から注意が逸れたところで、そっと壁伝いに出口へと向かう。

折しも、まさに殿下が高らかに婚約を宣言したところで、わっと会場中から歓声が上がった。

今なら、私がいなくなっても、誰にも気付かれないだろう。目立たぬよう拍手を送りながら、そろそろと後退して開かれたままの扉を抜ける。

扉脇に控えていた警護の騎士に訝し気な視線を送られたものの、無事会場から出られた私は、素知らぬ顔で歩き出した。

婚約の発表がなされた今、会場の外に出てくる人間はまずいない。これなら誰に見られることなく、帰ることができる。

一応パーティーには顔を出したし、婚約発表までは居たのだから、十分義理は果たしただろう。

解放感で足取りも軽く、回廊の突き当たりを曲がる。

しかしそこで、唐突に手首を摑まれた私は、突然現れた何者かによって背後から拘束されてしまった。

驚いて悲鳴を上げる前に、口元に手が当てられて塞がれる。

片腕で軽々と体を持ち上げられて、近くの空き部屋へと引きずり込まれるまで、瞬《まばた》きの間で。

音もなく閉まる扉を呆然《ぼうぜん》と見守って、私は全身から血の気が引く感覚を味わっていた。

逃げなくては、と思うより早く、体が先に抵抗を始める。

頭の中は真っ白だ。

しかし、頭上から降ってきた宥めるような低い声が、パニックに陥る寸前の私の意識を引き止めた。

「ロゼリア俺だ。ロルフ・フォン＝モントだ」

「……っ」

「手荒な真似《まね》をしてすまない」

心底申し訳なさそうな声に、体から力が抜ける。

安堵と共にどっと汗が噴き出るが、これは冷や汗だろう。口元を塞いでいた手が外され、拘束を解かれるも、膝から下に力が入らない。

その場にしゃがみ込みそうになったところで、ロルフ卿が私を抱き止めた。

「大丈夫か?」

「……え、ええ……」

「驚かせて、本当にすまない」

言いながら、私の体に回された腕に、力が込められる。

そのまま、背後から密着する形で抱きしめられて、私はカッと体が熱くなるのがわかった。

こめかみには、ロルフ卿の唇と吐息の感触が。背中から伝わる温もりと、潮風のような香りに包まれて、何も考えられなくなる。

さらには「会いたかった」と囁《ささや》かれて、私の頭が沸騰したようになった。

これではまるで、恋人同士の逢瀬《おうせ》のようではないか。

そもそも何故、ロルフ卿がここにいるのだ。今日は王太子殿下の護衛についているのではなかったのか。

けれども、この状況が嬉しいと思ってしまっている自分がいる。

全てを忘れて、この腕に身を委ねたいとも。

ぐるぐると思考が定まらずに、渦を巻く。もはや全身が茹《ゆ》でられたかのように、熱い。

完全に力の抜けた体をくたりと預けると、小さく笑みを漏らしたロルフ卿が、私の体を抱き上げて部屋の中央にあるソファーまで運んだ。

「ど……どうしてここに……」

「殿下にお願いして、護衛を交代させてもらった。今日を逃したら、次はいつ会えるかわからないからな」

丁寧に私をソファーに腰掛けさせて、自身も隣に腰を下ろす。

しかし、腕はまだ私の腰に回されたままだ。密着するように体が寄せられている。

親密な距離感に、動悸《どうき》が収まらない。逃げるように腰をずらすと、さらに抱き寄せられて、私はいっぱいいっぱいいっぱいになった。

「あっ、あの！　さ……さすがにこれは……」

ロルフ卿とは、すでに口に出すのも憚《はばか》られるような行為をした仲だとはいえ、あくまでそれは薬に浮かされてのことだ。

それに私たちは、恋人でも何でもない。たとえ婚約者同士だとしても、この距離感は不謹慎だろう。何より私の心臓がもたない。

両手でロルフ卿の胸を押して、ささやかながらも距離を取る。

けれども、本気でわけがわからないといった様子で覗き込まれて、私は慌てて顔を伏せた。

こんな、赤くなっているだろう顔を、見せるわけにはいかない。

「嫌なのか?」

「……そ、そういうわけでは……」

むしろ嫌ではないのが問題なのだ。

「ま……まだ、慣れなくて……——ロルフ卿っ!?」

言い終わるや否や抱きしめられて、私の口から素っ頓狂な声が上がった。

慣れないことの連続で、もはや取り繕う余裕もない。聞くべきことは山とあるはずなのに、私の口は陸に上げられた魚の如《ごと》く、開け閉めを繰り返すだけだ。

早鐘のごとく波打つ心臓のせいで、本気で胸が苦しい。

どのくらいの間、そうしていたのか。

不思議なもので、徐々に慣れてくるにつれ、あんなにも緊張していたことが嘘のように落ち着いてくる。

服越しに伝わる温もりと、海辺の木々と温かな土のような香りが心地よい。力を抜いて頭をもたれさせれば、トクトクと力強い鼓動が聞こえてくる。

苦しかった胸が、甘い疼きを訴え始めたところで、ようやくロルフ卿が私を抱きしめる腕を緩めた。

「君に、渡したいものがある」

言われて、体を離す。

黙って見守っていると、上着の隠しポケットに手を入れたロルフ卿が、何か小さくて光るものを取り出した。

「サイズが合うといいが……」

そのまま私の手を取って、薬指に指輪を嵌《は》める。

少し大きい気がしないでもないが、ほぼぴったりのそれは、紫色の石が台座に収まっている。紫水晶にしては輝きが強い。

戸惑いながら見詰めていると、おもむろに立ち上がったロルフ卿が、私の手を持ったまま、床に片膝を突いて跪《ひざまず》いた。

「ロゼリア・ゾネントス公女。私、ロルフ・フォン＝モントの妻となっていただきたい」

「え……」

「このたび正式に伯爵位を賜ることになった。公女の君を娶《めと》るには、いささか爵位が低くて申し訳ないが、御父上《おちちうえ》の出した条件は満たしているはずだ。遅くなってしまって、すまない」

そう言って、手の甲に口付ける。

まさかここで、正式にプロポーズされるなんて。ロルフ卿が私と結婚するつもりだと聞いてはいたけれど、どこかそれは他人事《ひとごと》で、現実味を伴っていなかったのだ。

私は、ロルフ卿を見詰めたまま固まってしまった。

怒濤《どとう》のような展開に、頭がついていかない。

伯爵位を賜るということは、叙爵が決まったということか。まさかお父様が出した難題を、こうも軽々とこなしてしまうとは。

いや、その前に、ロルフ卿は本当に私なんかと結婚していいのだろうか。

そもそもこの関係は、私の嘘が発端だ。

次々と湧き出る疑問で、どれから聞いていいのかわからない。跪いたまま私の返事を待つ青い瞳に、吸い込まれるように釘付《くぎづ》けになる。

最終的に私の口から出てきた言葉は、考えていたどの言葉でもなかった。

「……ロルフ卿は、ヒルデガルド嬢がお好きなはず……」

「は？」

「わ、私なんかと、結婚したら、後悔します……！」

自分で自分の言葉に、激しく動揺する。

こんなことを言いたかったのではないのに。

しかも子供みたいに噛んで、裏返ってしまった声が恥ずかしくて、咄嗟《とっさ》に握られた手を引っ込めようとする。

しかし、そうはさせまいと強く摑まれ、逆に引っ張られて、私の体が前のめりになった。

「俺が好きなのはロゼリア、君だ」

「……っ」

「自覚をしたのは君に言われてからだが、もうずっと前から、君のことは気になっていた」

驚いて見開いた目の前には、あの海のような瞳が。至近距離で、真っすぐに私を見詰めている。

怒ったようにひそめられた眉と、溺れてしまいそうな深い色の瞳に、すとんと、何かが腹に落ちたのがわかった。

次の瞬間、私はロルフ卿の腕の中にいた。

「ロゼ、君が好きだ。俺と結婚してほしい」

好き、の一言に、頭がふわふわする。

ロルフ卿が――あのロルフ卿が、私のことを好きだと言っているのだ。

真面目で公明正大なことで知られたモントの貴公子。二大公爵家という出自に驕《おご》らず、誰よりも勤勉で努力家な彼は、王太子の筆頭護衛という地位も、自らの力量で得たものだ。

ロルフ卿のことは、本当は私だってその人柄と実力を認めていた。だからこそ、ロルフ卿に嫌われていることにとても傷つき、虚勢を張って自分を守っていたのだ。虚勢を張る必要がなくなった今ならば、それがよくわかる。

そのロルフ卿が、私のことを好きだという。

頭の中で意味もなくロルフ卿のセリフが繰り返されて、何故か気持ちが舞い上がる。現実味もなく浮き上がっていく感覚は、まるで夢を見ているかのようだ。

さらには、頬を手で包まれ、口付けられて、私の思考は完全に解け去った。

うっとりと受け入れれば、優しく掻き抱かれて、甘やかな感覚に全身が包まれる。

今この時は、全てが遠ざかり、抱き合うこの瞬間が永遠に続くかのようだ。自分が思い悩んでいたことなど、些細《ささい》なことに思えてくる。

口付けの合間、互いの息継ぎで顔が離される。熱を保ったその刹那、吐息のかかる距離で、ロルフ卿が私を見詰めてきた。

「……返事を、もらえるだろうか」

聞かれて、声にならない言葉の代わりに、頷いて答える。

頷くと同時に感極まったように抱きすくめられて、熱い吐息が耳をかすめた。

「……君が好きだ。一生大切にする」

強く抱きしめられたまま好きだと繰り返されて、ときめきで鼓動がますます高まっていく。けれども、体に伝わるロルフ卿の鼓動も、私と同じか、それ以上に速い。

くらくらするような喜びで顔を上げれば、またもや口付けられて、今度こそ私の体から完全に力が抜けた。

先ほどと違って、息も吐《つ》かせぬ、深く、激しい口付けだ。翻弄されて、蕩かされて、次第に自分の境界が曖昧になっていく。

用をなさない私の頭は、快感を追うので手いっぱいだ。

体の熱が上がり、下腹の奥が甘く痺れる。痺れが疼きとなって、かつての記憶が呼び覚まされる。焼けつくような焦燥と、嵐のような快感の記憶だ。

無意識で求めるように体を摺り寄せると、しかし。

唐突に顔を離され、口付けを中断されて、面食らった私は驚いて閉じていた目を開けた。

「え……」

「すまない。急がなくてはならないのに、我を忘れるところだった」

真顔で言われて、瞬時に顔に熱が集まる。当然この先があるものとばかり思っていた自分に気付いたからだ。

最初は距離が近すぎるとドギマギしていたというのに。

今は離れてしまった熱が物足りなくさえある。

急に身の置き所がなくなった感じがして、くっついたままの膝を離して距離を取る。

しかし、体を離すや否やすぐさま抱きしめられて、またもや私の頭が浮かされたようになった。

「……今日はこれ以上不埒《ふらち》な真似はしないと誓う。だからもう少しだけ、このままでいさせてほしい」

頷いて答えれば、さらに強く抱きしめられて、胸がむず痒《がゆ》いような満足感で満たされていく。

離れがたいと思っていたのが私だけではないことが、嬉しい。

背中に腕を回し、安心して広い胸に頭を預ける。

服越しに伝わる鼓動と、ぬくもりで、焦燥感が落ち着きに塗り替えられていく。深く息を吸って、潮風にそよぐ木立のようなロルフ卿の香りを吸い込めば、さらに気持ちが落ち着いていくのがわかる。

結婚の約束をした今となれば、この位の触れ合いならば許されるだろう。

もちろん不謹慎には違いないけれど、お父様も条件さえ満たせば結婚は認めると言ってくれたのだ、私たちはもう婚約者も同然である。

聞けば、モント公爵にも了承を得ているとのこと。しかもロルフ卿の叙爵は、私との結婚を踏まえた上で、国王陛下が決定したのだという。

つまり私たちの結婚は、すでに公認のものなのだ。

となれば、最短で式をと言われて、私はますます夢見心地になった。

まさかロルフ卿と恋人どころか、結婚することになるなんて。私の吐いた嘘が始まりではあるけれど、嘘が本当になったのだからいいのではないだろうか。

それに、結果的に誰かを傷つけたわけでもない。

あんなにも色々と思い悩んでいたことが、それこそ嘘のようだ。

しかし。

やはりそんなうまい話があるはずもなく。

早急に王宮を出たその足でゾネントス公爵家に向かった私たちは、エントランスホールに入ってすぐ出迎えに出てきたお父様によって、有無を言わさず引き離されることになった。

「お……お父様、何故です!? 私が望むのなら許すと仰《おつしや》ったではありませんか……! それにロルフ卿は叙爵を──」

「黙れロゼリア」

「……っ」

「どうしてそうお前は、短絡的にしか物事を考えられない。お前もゾネントスの娘であるのなら、どう行動することが我が家にとって有益かを、考えて行動しろ」

冷たく突き放されて、唇を噛んで俯《うつむ》く。

問答無用でロルフ卿が追い返された後、お父様に書斎まで連れてこられたのだ。お父様は、ロルフ卿の言葉を聞こうともしなかった。

話が違うと反発する思いと、やはりという諦めの思いとが、心の中で交錯する。

それにしても、ゾネントスにとって有益となる行動とは、お父様は何を言いたいのだろう。純潔を失った私など、価値がないも等しいというのに。

すると私の疑問を見透かしたかのように、お父様が見下げ果てたものを見る視線を向けてきた。

「よもや、すでにまた体を許したわけではあるまいな」

「なっ、なんてことを仰るのですっ……! 第一、ロルフ卿はそのような方ではありませんっ!」

いくらお父様といえ、その言いようはないだろう。侮蔑の言葉にカッとして、俯けていた顔を上げる。

けれども、探るようなお父様の視線に出会って、私の勢いはすぐに消えてしまった。

実際、ロルフ卿が途中で止《や》めなければ、体を許してもいいと思っていたのは事実だ。すでに一度許してしまっているのだから、二度も三度も変わらないだろうという思いもある。

むしろ途中で止められて、物足りないとさえ思っていた。

自分の堕落した感情を思い起こして、気まずさに再び顔を俯ける。

そんな私をじろじろと観察した後で、お父様が馬鹿にしたように鼻息を立てた。

「ふん。一応、分別くらいはあるようだな」

「……」

「だが、相変わらずお前は人を見る目がない。あれがそんな自制的な人間なものか」

「お父様、いくらモントが憎いとはいえ、あまりな言いようでは……」

私は仕方がないが、ロルフ卿を悪く言うのは筋違いだ。彼ほど騎士として自制的な人間は他にいない。

抗議を込めて、控えめに窘《たしな》める。

しかし私の抗議に、何故かお父様が面白いものを見たような顔になった。

「ふむ。まあ、箱入りのお前では無理もないか。こういう時、女親がいないというのは不便なものだな」

「それはどういう……」

「なに、自制心のある人間が、生娘相手にあんな無体は働かないさ。実際、私よりもお前の兄の方が怒っていたくらいだぞ」

「お兄様が……？」

言われて、ロルフ卿とのことがあった時、眉をひそめていたお兄様を思い出す。

だがそれは、媚薬の件をお兄様は知らないからだ。ロルフ卿との間で何があったのか、私はお兄様に話してはいないし、聞かれてもいない。ましてお父様からはもっと話すはずもないことを考えれば、お兄様はロルフ卿が無理やり私に無体を強いたと思って怒っていたのだろう。

「まあ、それはいい。とりあえずは奴に易々《やすやす》と餌を与えていないのなら、それでいい」

仮にも自分の娘を餌扱いとは。

内心憮然《ぶぜん》とするも、ここで楯突《たてつ》いてもいいことはない。それにお父様のこういう物言いは、今日に始まったことではない。お父様にとって、家族すらも利用する駒でしかないのだから。

加えて後ろめたいところのある私は、大人しく口を噤んだ。

「結論から言う。奴との結婚は、許す。だが、すぐにではない」

「それは……」

「奴の叙爵は最低条件だ。ゾネントスの娘を貰《もら》うに、今の爵位では話にならんからな。とはいえこうもすぐに出した条件をこなしてくるとは思わなんだ。奴め、相当お前に入れ込んどるらしいな」

意地の悪い笑みを浮かべて口ひげを撫でる。

言っている内容といい、仕草といい、世間の思い描くゾネントスのイメージそのままだ。

「となれば、利用しない手はなかろう？」

「そんな、利用だなんて……。人の気持ちを弄ぶようなこと、私は嫌です」

「だからお前は、駄目だと言っている。いつまでそんな青臭いことを言うつもりだ」

そもそも嘘から始まった関係で、これ以上不誠実な真似はしたくない。しかもロルフ卿は誠意をもって接してくれているというのに、そこにつけ込む形で利用するなど、もっての外だ。

きっぱりと拒絶するも、お父様が苛立《いらだ》ちも露《あら》わに鋭い視線を向けてくる。

けれども、ここで引くわけにはいかない。引いてしまったら、ロルフ卿はおろか、自分自身にも顔向けができないだろう。

すると思いの外強硬な私の態度に、お父様が目を細めた後で声音を和らげて諭しにかかった。

「ロゼリア、お前が言っていることは、確かに正しいよ」

「でしたら……！」

「だが、正しいことが常に最良とは限らない。最善であることと正しさは別物であるし、正しさに固執するのは愚かだ。それはお前も嫌というほどわかっているだろう？　ロゼリア、もっと柔軟になりなさい」

「……」

お父様の言っていることも、間違いではない。

正しさに、正義に固執して、結果私は社交界で疎外された。代わりに、正しくはなくとも、その時その時で人々の望む言葉と行動を取ることができるヒルデガルド令嬢が受け入れられたのだ。

当時は理解ができず憤慨したけれども、今では人間社会で生きていく上で必要なことだとわかっている。

「それに。利用という言葉は悪いが、別に策に嵌めて謀《たばか》ろうというんじゃない。ただ、我が家門を守り、今後も繁栄していくためにも、彼には協力をしてもらわなくてはならないというだけだ」

穏やかな声音に、私の警戒が少しずつ解かれる。

実際、お父様はロルフ卿をどうするともまだ言ってはいない。具体的な話を聞く前に、私が勝手に決めつけて先走っただけだ。

「そもそも体面というものもある。いくら叙爵が決まったとはいえ、それでもたかが伯爵、モントの小倅ごときに易々と大事な娘はやれない。そうだろう？」

「お父様……」

「あやつが本当の意味でお前と一緒になるというのなら、覚悟を見せてもらわねば。それを望むのは、父親として当然のことだ」

「はい、お父様」

大事な娘、の一言に、胸がいっぱいになる。

やはりお父様は、ただ冷酷なだけの人ではないのだ。普段はそうとは見せないけれども、ただの道具としてではなく、ちゃんと娘として愛してくれているのだ。

素直に頷けば、お父様も頷き返してくれる。

けれども私は、何故あのお優しいお兄様がお父様との対話を諦めたのかを、もっとよく考えるべきだった。

Ⅴ ―― Rose & Lie

建国祭のパーティー以降、私はお父様の言いつけ通り、ロルフ卿《きょう》とは隠れて会うようになった。

お父様によれば、男の人の恋愛は狩りのそれと同じなのだという。あくまで獲物を仕留めることに情熱を注《そそ》ぐのであって、仕留めた後のことには然程《さほど》興味がないのが常なのだとか。

つまり、手に入れるのが難しければ難しいほど、恋は燃え上がるものらしい。その過程は、仕留めた後――結婚生活にも影響するという。

手に入れる過程が難しいものほど価値があるのは、何も狩りに限ったことではないだろう。

そのため私は、お父様が未《いま》だに私たちの結婚に反対しているという体を装って、ロルフ卿と会っていた。


その日も、ロルフ卿と密会するために、私は街に買い物に訪れていた。

密会といっても、もちろんお父様は知っている。むしろお父様が会うようにと指示をしたのだ。

ちなみに、私に届くロルフ卿の手紙は全て、お父様の目が入っている。私がロルフ卿に出す手紙も、だ。

恋人同士のやり取りを実の父親に見られるのは気恥ずかしい気もするけれど、お父様曰《いわ》く、結婚前の貴族女性の恋愛は、得てして皆そのようなものなのだとか。本来は母親が娘の恋愛を管理するそうなのだけど、お母様は私が物心つく前にお亡くなりになっているから、お父様がその役割をするしかないのだ。

それでも友人がいれば相談できたのだろうけど、私に親しく話をする友人などいない。だからロルフ卿とのことは全て、私はお父様に相談をしていた。

護衛を店の外で待たせて、カフェの個室へと向かう。この店は貴族の御用達《ごようたし》で、店内に個室があるのだ。

待ち合わせの時間にはまだ早いため、ノックをせず部屋に入る。

しかし、先に来て待っていたらしいロルフ卿の出迎えを受け、エスコートをされて、私は高揚する気持ちのまま席に着いた。

「お待ちになりまして?」

「いや、さっき来たところだ」

さっきと言っても、まだ約束の時間まで随分とある。

いつもロルフ卿が先に来て待っていてくれるのだ。些細《ささい》なことかもしれないが、やはり嬉《うれ》しい。

その他にも、細々と気を配ってくれる。

この関係になるまでは、ロルフ卿はもっと無骨な人だと思っていたのに、まさかこんなにも細やかな気遣いができる人だとは。

「そうか。ゾネントス領は広いから大変だな」

唐突に切り出した私に、ロルフ卿が真顔で答える。

まっすぐ私を見詰めるロルフ卿の視線を受けて、私は軽く睫毛《まつげ》を伏せて言葉を続けた。

「護衛の大半が、お父様について行きます。だから……」

「……」

「我が家の警備が手薄になるんです」

言い終わって、目の前のロルフ卿を窺《うかが》う。

ロルフ卿は、先ほどと変わらず真顔だ。しかし、心なしか瞳が翳《かげ》っている気がする。

こういう時、付き合いの浅い私は、彼が何を考えているのかわからない。きまり悪く顔を背けるも、ロルフ卿は黙ったままだ。

だが言いだしてしまったからには、最後まで話さなくてはならない。意を決した私は、顔を背けたまま、言わんとすべきことを口にした。

「……ロルフ卿の都合がつくのなら、私の部屋に……」

「……」

とんでもないことを言っているのはわかっている。とてもはしたないことも。

私だってお父様からロルフ卿に言えと言われた時には、あり得ないと拒絶したくらいなのだから。

でも今なら、何故《なぜ》お父様がこんな夜這《よば》いを唆すようなことを言えと言ったのかがわかる。お父様も、ロルフ卿が一切何も手を出してこないことを、憂慮されたのだ。

私たちの関係は、体の関係から始まったようなものである。普通は交際を経て、徐々に触れ合いが増え、最終的に結婚して体の関係を持つものだ。しかし今の私たちは、通常の順序の逆を行っている。つまりこのまま行けば、関係は解消される可能性があるということではないだろうか。

何より、単純に私が不安なのだ。

触れ合う喜びを知ってしまうと、それがないことが物足りなく、寂しい。同時に、求められてはいないという事実を突きつけられているようで苦しくなる。

自分と同じように相手にも、触れ合いたいと思ってほしいと思うのは、我儘《わがまま》だろうか。

しかも過去に恋人がいたのだとしたら、その時はどうしていたのか俄然《がぜん》気になってくる。彼女たちとは、抱き合い、口付け合って、熱い恋人たちの逢瀬《おうせ》を楽しんでいたのかもしれないと思うと、嫉妬でどうにかなってしまいそうだ。

お門違いの恨みから、ロルフ卿を試す気持ちと、期待する気持ちとで、顔を横に向けたままそっと視線を送る。

すると、完全に深藍に変じた青い瞳と出会って、私の心臓がドキリと跳ねた。

「ごめんなさい、変なことを言――」

「わかった」

「……え？」

「明後日、君の部屋に行く」

てっきり窘《たしな》められるとばかり思っていた私は、あっさりと了承をされて、面食らってしまった。

「部屋の場所は？」

「ひ、東棟の中庭に面した二階ですわ……。当日は目印として、バルコニーに百合《ゆり》の花を飾っておきます」

「わかった」

それきり、ロルフ卿が黙り込む。

その後、私たちはどちらも言葉を発することなく、今日の短い逢瀬は終わりを告げたのだった。


そして、逢引《あいびき》きを約束した当日。

早朝に領地へ旅立ったお父様を見送った私は、一日中ずっと、そわそわしながら夜の訪れを待っていた。

部屋はすでに、いつロルフ卿が来てもいいように整えてある。一応お忍びではあるために、使用人を呼ばなくても済むように飲食の用意をしたのだ。

日中は何をやっても手につかず、夕方に気持ちを落ち着かせる意味も込めて長めの風呂に入る。

念入りに肌の手入れをしたのは、言うまでもない。

とはいえこれまでの逢瀬を考えるに、何からしい何かがあるとは思えないのだけど。

それでも、少しでもドキドキさせられたらという思いから、手持ちの中でも薄手の部屋着を選ばせて着る。下ろした髪をゆったりとまとめ薄化粧を施させた私は、今日は早めに床につきたいと偽って、全ての使用人を部屋の外に出した。

一人になって、静かな部屋でソファーに腰を下ろせば、初夏の風が開け放たれたバルコニーの窓のカーテンを膨らませる。

同時に、噎《む》せ返るほどの濃厚な百合の香りが、部屋に充満していく。

今日のために、所狭しとバルコニーに百合の鉢を置いたのだ。もちろん目印のためではあるけれど、百合は私の好きな花でもある。

香りを吸い込むように深呼吸を繰り返せば、徐々に気持ちが落ち着いていくのがわかる。

甘く華やかで、優雅な香りだ。

しかし、ミルクのように滑らかな芳香は、ほのかに官能をくすぐる。以前にはわからなかった香りである。

匂いの記憶に紐解《ひもと》かれて、シーツの海で肌と肌とが触れ合う感覚を思い出す。

その時、さざめく白い百合の海に、潮風が吹くかのような幻影に襲われた私は、我知らず立ち上がってバルコニーへと歩みを進めた。

「ロルフ卿……」

透けるカーテンの布地の向こう、月明かりが淡く人影を映し出している。

花の香りと、揺れて膨らむカーテンとで、何か夢を見ているかのような気分になる。幻想的なその光景に、しばし見惚《みと》れて佇《たたず》む。

お互いにカーテンを挟んで見詰め合うこと数秒、先に動いたのはロルフ卿だった。

「待たせてすまない。警備の確認に手間取った」

気付けば腕の中で。

温《ぬく》もりと、濃い潮と香木の香りに包まれる。まるで、流木を暖炉にくべたかのようだ。

そういえば、流木は青い炎で燃えるという話を思い出したところで、顔を上げた私の目に、炎さながらに青いロルフ卿の瞳が飛び込んできた。

耳を指で挟むようにして頬を手で包まれて、そっと瞼《まぶた》を閉じる。

期待で、胸の鼓動が煩《うるさ》い。

けれども。

「……」

待てども待てども、何も起こらない。

起こる気配すらない。

しびれを切らして閉じていた瞼を開けるのと、ロルフ卿が体を離したのは、同時だった。

「その格好では風邪をひく。これを羽織るといい」

「……」

言いながら、自分が着ていたお忍び用のマントを私に羽織らせて、念入りに巻き付けるようにして金具で留める。おかげで寒くはないが、せっかく今日のために選んだ服が台無しだ。

光に透けるとほんのり体の輪郭がわかる軽やかなシフォンの生地は、まるで妖精の羽のようで気に入っていたのに。私に似合うと大絶賛してくれた、シンシアお墨付きの部屋着である。

そもそも何故、何もしないのか。

てっきりキスをされるとばかり思っていた私は、完全に当てが外れて鼻白んでしまった。

「別に寒くはありません」

「だが……」

「寒かったら、自分の上着を羽織ります」

「……」

声に棘《とげ》が混じるも、致し方ない。今のは、明らかに躱《かわ》されたのだから。

あの状況で抱きしめられたなら、誰だって期待する。

やはり、私に魅力がないのか。もしくは、はしたない女だと呆《あき》れられているのかもしれない。

一転して、今日一日ロルフ卿を待ちわびて舞い上がっていた気持ちが、重く沈み込む。

憂鬱な思いでさらに体を離し、ロルフ卿に背を向ける。

着せられたマントの留め金を外しつつ、上着を取りにクローゼットへと向かおうとしたところで、しかし。

距離を詰めたロルフ卿が、私を引き留めるかのように肩に手を置いた。

「ロゼリア」

「お気に召さなかったようですから、着替えてきます」

「違う。そうじゃない」

では、なんなのか。違うと言われても、一度頑《かたく》なになってしまった心では、素直に聞くことはできない。反応を楽しみにしていた分、落胆も大きい。

引き留める手を振り払って、なおも進もうとする。

けれども、今度はお腹《なか》に腕を回され、引き寄せ抱き寄せられて、私は反射的に体を硬くした。

「違うんだ、君の服が気に入らなかったんじゃない。凄《すご》くよく似合っていると思う」

「……」

「ただ……」

きまり悪げに、言葉を濁す。

黙って次の言葉を待っていると、言いにくそうにロルフ卿が口を開いた。

「……その服は、目のやり場に困るから……」

言われて、私は勢いよく体ごとロルフ卿を振り返った。

「目のやり場に困るとは？」

「や……その……」

「それは、ドキドキするってことですか?」

ロルフ卿の腕の中で、下から覗《のぞ》き込むようにして顔を上げる。この人がこんなにも動揺しているところは、初めて見る。

期待を込めて見詰めると、しばし逡巡《しゅんじゅん》した後で、ロルフ卿が観念したかのように頷《うなず》いた。

「そうだ」

「……!」

「君の御父上《おちちうえ》の許しを得るまでは、不埒《ふらち》な真似《まね》はできない。だから――……ロゼリア?」

思いのままに抱き付けば、ロルフ卿がますます動揺するのがわかる。

つまりは、私のためを思って我慢してくれていたということだ。

彼も同じ気持ちでいてくれたということが、たとえようもなく嬉しい。さっきまでの憂鬱が、嘘《うそ》のようだ。

ふわふわと舞い上がる思いのまま、ロルフ卿の胸に顔を埋《うず》めて温もりを堪能する。

こんな風に触れ合うのは、プロポーズ以来のことだ。ずっとこの温もりが恋しかったのだと、改めて気づく。

互いに無言で抱きしめ合った後、名残惜しい思いで体を離した私は、そっとロルフ卿の手を取って部屋の中央にあるソファーへと誘った。

「今、お茶を用意します」

言いおいて、いそいそとカートの上にあるカップに用意していたお茶を注ぐ。フルーツの果汁を混ぜた、特製のお茶だ。

しかし、目の前にカップを置いても、ロルフ卿はなかなか手を付けようとしない。

喉が渇いていないのかしらと思いつつ、自身のグラスを手に取って口をつけようとしたその時。

軽く眉を寄せたロルフ卿が、私にお茶を飲ませまいとするかのように手首を摑《つか》んできた。

「どうかされまして？」

驚いて隣を見上げるも、ロルフ卿は依然硬い顔だ。その視線は問うように、私のカップに注がれている。

戸惑いを隠せず見詰めると、ロルフ卿が摑んでいた私の手をゆっくりと放した。

「すまない。俺の勘違いだ」

「……いえ、ロルフ卿がお疑いになるのも無理はありませんから」

「……」

ロルフ卿は、薬が混ぜられているのではないかと思ったのだろう。夜這いを唆すくらいなのだ、媚薬《びやく》が盛られているかもしれないと思うのも無理はない。何より、自業自得である。

けれども、やはり疑われるのは辛《つら》い。浮き立っていた気持ちが、またもや沈み込むのがわかる。

上がったり下がったり、まるで先の見えない山道を暴れ馬に乗って駆けているかのようだ。

さらには、宥《なだ》めるように優しく手を握られて、色々な感情で私の喉が詰まったようになった。

「ロゼリア違うんだ。君を疑ったんじゃないんだ」

「……」

「ただ、俺が考え過ぎただけだ」

そう言って、止める間もなくカップを手に取って一息に飲み干す。

驚く私の前で、自ら二杯目のお茶を注いだロルフ卿が、穏やかに微笑《ほほえ》みを浮かべた。

「うまいな。喉が渇いていたから、助かる」

その顔は、嘘を言っているようには見えない。

多分に私を気遣ってのことだろうが、お茶が美味《おい》しいというのは本当だろう。何より、彼なりの優しさである。

気を取り直して手に持ったカップを小さく掲げれば、ロルフ卿もカップを持ち上げる。

二人で一緒に飲み干せば、不思議と気持ちも軽くなる。

その後は、別段揉《も》めることもなく、私たちは和やかに時間を過ごした。

ただ帰り際に、ロルフ卿が言いにくそうにとある質問を投げかけてきた。

「ロゼリア、その……君がよく王宮に着てきた服だが、あれは君の好みなのだろうか？」

何を言われるのかと身構えていた私は、一瞬キョトンとしてしまった。

王宮に着て行っていた服というと、あれらのドレスのことだろうか。王太子殿下に会うために、散々悩み抜いて身にまとった煌《きら》びやかな装いの数々を思い返す。

今は完全に無用の長物と化してクローゼットの一角にしまわれたそれらを思って、私は苦笑いを浮かべた。

「いえ、あれはお父様が用意してくださったものなので。別にああいったドレスも嫌いではないですが、私の趣味かと言われると違いますね」

王太子妃候補であった時、王太子殿下を何とかして振り向かせようと、お父様が男性の好むデザインのドレスを選んでくださったのだ。つまりは、色仕掛けである。

もちろん、公爵令嬢の立場と品を損なうようなものではなかったけれど、艶《なま》めかしいデザインのそれらは、胸や体の線が強調されるので実を言うと私は余り好きではなかったのだ。

加えてそういった妖艶な格好は、如何《いか》にもゾネントスの蛇の娘と主張しているかのようで、気が進まなかったのだ。

「そうか」

「ええ」

しかし今更過去の装いを聞いて、何の意味があるというのか。ちなみにロルフ卿と会う時は、私が自分で選んだ服を着ている。

そこで私は、ハッと今自分が着ている服に思い当たった。

「あ、あの……、今日はこういう格好をしていますけど、これは部屋着だからで……。それに、ロルフ卿以外にこんな格好を見せようとは思いませんから……」

しどろもどろに弁解する。

誘惑しようと薄物の部屋着を着ておいて説得力は皆無だが、実際彼以外の前でこんな格好をしようとは思わない。さすがに、所かまわず露出するはしたない女だとは思われたくない。

嫌な汗を掻《か》きつつ、窺うように隣を横目で見上げる。

すると思いもかけず優しい眼差《まなざ》しに出会って、一気に私の心臓が煩くなった。

「そうしてくれると、嬉しい」

「え、ええ……」

そっと頬を手で包まれて、ますます鼓動が速くなる。

明らかに熱を宿した瞳で見詰められて、急激に体温も上がっていく。

額が触れるか触れないかの距離で見詰め合って、ロルフ卿が切なく息を吐き出した後で、唇の横に口付けた。

「………また、次に」

「はい……」

月明かりの射《さ》し込む部屋の中で抱き合って、束の間《つかのま》の逢瀬を惜しむ。

互いに離れがたい思いを抑えて、来た時と同じようにバルコニーから帰るロルフ卿を、私は静かに見送ったのだった。

しかし。

温もりの余韻も冷めやらぬ、その時。

部屋のドアがノックされたかと思ったら、応《いら》えも聞かずにドアが開けられたため、私は驚きのあまりその場に固まってしまった。

「ふん。不首尾に終わったか」

「お、お父様……!? なっ……領地に向かわれたはずでは……」

「奴《やつ》もなかなかに強情よな」

ずかずかと中に入ってきて、無遠慮に部屋を眺め回す。

その目は、過ちの痕跡を探しているかのようだ。

もともとお父様に言われてロルフ卿を部屋に誘ったとはいえ、まさか監視されていたとは。お父様は、私に恋のアドバイスをしてくれていたのではなかったのか。

思いも寄らない事態に、私は呆然《ぼうぜん》としてしまった。

「まあでも、逆に好都合ではある。まさかそれほどまでに、あ奴がお前に入れ込んどるとはな」

「お父様、それはどういう……」

「なに、機は熟したということだ。今の奴なら、お前と一緒になるためなら何でもすることだろうよ」

「なっ……！」

「ははは、お前にこんな使い道があったとはな！　王太子妃になるより余程今の方が役に立つ。でかしたぞ、ロゼリア」

「……」

ここにきてようやく、私はお父様の意図を理解した。

いつぞや言っていたように、まさしく私は、ロルフ卿という駒を操るための餌だったのだ。さしずめ叙爵の話を出したところですでに、お父様はロルフ卿の本気を測っていたのだろう。

モントの小倅《こせがれ》と馬鹿にはしていても、ゾネントス家に引き入れ意のままに操ることができるのであれば、それこそ使い道はいくらでもある。お父様にとって、願ってもない機会だったわけだ。

高笑いをするお父様に、目の前が暗くなる。

褒められても、全く嬉しくない。きっと今日は、誘惑されて過ちを犯したところに、お父様は踏み込む気でいたのだろう。

一度ならず二度までも娘を傷物にされたとして、ロルフ卿にこちら《ちら》の要求を呑《の》ませるつもりでいたに違いない。

つまり、お父様は私のことなど、微塵も心配してはいなかったのだ。

やはり私は、利用する道具に過ぎなかったのだ。

まるで、底なしの沼に沈んでいくかのような気分を味わう。夏の始まりの夜だというのに、寒くて寒くて凍えてしまいそうだ。

しかし、小刻みに震える体を自分で掻き抱いた私は、気持ちの変化をお父様に気取られぬよう、慎重に口を開いた。

「お父様のお役に立てたのなら、幸いです」

「ははは！　殊勝なことだな！」

「いえ、娘として当然のことですから。それで私は、次はどのようにしたらいいのでしょう」

お父様のことだ、間違いなく無理難題をロルフ卿に要求する気でいるだろう。何をさせるつもりなのか、お父様の機嫌がいい今、少しでも聞き出しておく必要がある。

しおらしさを装って、控えめに疑問を口にする。

すると余程上機嫌なのだろう、お父様が口ひげを撫《な》でながらにっこりと笑顔になった。

「ここまできたらお前は何もしなくていい。今のあやつなら、結婚の条件に王太子を殺せと言ってもやるだろうよ」

「お父様、まさかそんな……」

「はは、さすがに王太子を殺させようなんて思ってはないさ。そんなことよりもっと、あれには効果的な使い道がある」

「それはどういう……」

「蛇の道は蛇、というだろう？　あれには、モントを失脚させるための証拠を持ってきてもらう」

「……お父様はモント公爵には失脚するような何かがあると、確信されてらっしゃるのですね？」

震えが止まらない。

けれども、ここで質問をやめるわけにはいかない。お父様がここまで言うということは、何か確信があるのだろう。

震えながらも窺うように見上げると、お父様がにやりと得意気な笑みを浮かべた。

「もちろんだ。だからこそ余計に、モントの小倅は言うことを聞かざるをえんだろうよ。こういう時、正義感の強い性格は便利よな。加えてお前と一緒になるという名分がある。間違いなく、奴ならやるだろうさ」

そう言うお父様は、心底楽しそうだ。憎い敵を、よりにもよって実の息子の手で追い落とすことができるのが、堪《たま》らなく嬉しいのだろう。

くつくつと笑うお父様に、心底絶望した思いになる。

同時に、失敗を繰り返していた私をお父様が絶縁しなかった理由を理解して、私は眩暈《めまい》がするような思いに襲われた。

私がヒルデガルド令嬢に媚薬を盛ることに失敗してロルフ卿と関係を持った時から、お父様の中では筋書きが出来ていたに違いない。最初からロルフ卿が私と恋仲になるとわかっていたらしいのが不思議ではあるけれども、真面目な彼のことであれば、一度関係を持ってしまった相手を無下にすることはないと踏んでいたのだろう。

そして、どこまで彼に要求が可能か、ずっと探っていたのだ。

「なに、証拠がなければ、作ればいいだけの話だ。実の息子が揃《そろ》えた証拠となれば、疑う者はいないからな。はは、息子というものは難しいな。持つべきは、従順な娘に限る」

褒美を与えるかのように頭を撫でられるも、私の心は凍りついたままだ。

一瞬でも、親子の情があると思って期待してしまったことが仇《あだ》になってしまった。しかも期待した分、より深く心は抉《えぐ》られる。

だがこれこそが、いつもお父様が私に言っていたことなのだろう。

人の善性を期待してはならない——と。

お父様は、まさしく身をもって示してくださったわけだ。

お父様の笑い声を聞きながら、私は心が暗闇に閉じ込められたかのような気分を味わっていた。

VI ── Rose & Lie

お父様の企《たくら》みを知った私は、決断を余儀なくされた。

これ以上、お父様の思い通りにさせてはならない。

そのためにも、まずはロルフ卿《きょう》を我が家から遠ざけねばならないだろう。お父様が呼び出すよりも先に、私がロルフ卿に会わねばならない。

そこからの私は、迅速だった。

怪しまれないよう、普段と変わりなく振る舞いつつ、機会を窺《うかが》う。

お父様には、いつもの密会をするつもりだと告げて、私はロルフ卿と会う算段をつけた。


とある高級宿の一室で、ロルフ卿の訪れを待つ。

約束の時間の一時間以上前から部屋のソファーに座る私の胸中は、嵐のように吹き荒れていた。

つい数日前まで満ち足りた恋人の時間を過ごしていたことが、今となっては信じがたい。当時の悩みのあれこれでさえ、今では幸せな悩みであったと思える。

だが、もともと私の嘘《うそ》で始まった関係なのだから、やはり上手《うま》くいくはずなどなかったのだ。虚像の上には、何も作ることができないのと同じだ。

全ては、自分の嘘から目を背けた私が悪いのだ。

どのくらいの間そうしていたのか。

凍《い》てついた心を反映したかのように、手足の先も冷え切ってしまっている。

無感情に自分の白い指先を眺めていると、ロルフ卿の訪れを告げるノックの音が、部屋に響き渡った。

「……ロゼリア？」

部屋に入り、私の姿を見たロルフ卿が、戸惑いも露《あら》わに眉を寄せる。

それもそのはずで、今日の私は、先日ロルフ卿がやめてほしいと言った露出の多い服を着ているからだ。

加えて、敢《あ》えて主張の激しい化粧と装飾を纏《まと》っている。濃く縁取った目の周りは、感情の揺れを読み取らせないためのものであるが、今日の装いと相まって、けばけばしく見えることだろう。

困惑するロルフ卿をよそに、ベルを鳴らして宿の者に茶菓を用意させる。

私たちの前にそれぞれお茶が用意され、二人きりになって、部屋に重苦しい空気が流れた。

「なにかあったのか？」

「どうして」

「……雰囲気が違うから……」

言い難《にく》そうに口火を切ったロルフ卿に、素っ気なく肩を竦《すく》めてみせる。

不遜な態度でテーブルの上のカップに手を伸ばした私は、質問には答えずに、ゆったりとお茶を飲んだ。

「お気に召さなかったようね」

「そうじゃない」

「私、あれから考えたの」

かちりと音を立ててカップをソーサーに戻す。

波紋が広がる赤い水面を眺めて、私はそれをテーブルに置いた。

「あなたの好みがどうであれ、必ずしも私は従わなくてはならないのかしら」

「その必要はない」

「そうよね。だから好きな服を着ることにしたの。何か問題でもある？」

「いや」

ちらりと横目にロルフ卿を見た後で、興味なさげに綺麗《きれい》に色が塗られた自身の爪を眺める。

次いで視線を薬指にずらした私は、ロルフ卿に見せつけるように、紫色の煌《きら》めきを放つ指輪を指から外した。

「これ、返すわ」

「……」

「紫の金剛石は珍しいといっても、小さすぎるもの。第一指に合ってないし」

「そうだな。では違うものを用意しよう」

随分酷《ひど》いことを言っているはずなのに、ロルフ卿が怒る気配はない。

希少石である紫色の金剛石は、買いたくても買えるような代物ではない。いったいどうやって手に入れたのか、相当な労力と金額がかかったであろうことは間違いない。にもかかわらず、あっさりと頷《うなず》いて私の要求通りのものを用意すると言う。

すでに申し訳なさでいっぱいの私は、萎えそうになる気持ちを奮い立たせるために、長いため息を吐《つ》いた。

「いらないわ」

「……」

「だって、必要ないもの」

「……」

突き放すように言い放つ。

さっと深藍に変じた瞳を前に、私はゆうゆうと頬杖《ほおづえ》を突いて、ソファーのひじ掛けにもたれてみせた。

「よく考えたら、あなたと結婚する理由がないなって思ったの」

「……」

「ヒルデガルド嬢に飲ませるはずだった媚薬《びやく》を手違いで飲んでしまったから、あの場では仕方なくああ言ったけど、私、ロルフ卿のことは好きでもなんでもないのよね」

「……」

「でもあの時はお互いに薬を飲んでしまっていたし、そうしたら好きだって言って誤魔化すしかないでしょう？　そもそも、会うたび睨《にら》みつけてくるような人、好きなわけないじゃない。むしろ嫌いだわ」

今や目の前の瞳は、黒に近いほど昏《くら》い。完全に光を失った瞳で見詰められて、胸が締め上げられたかのような痛みを訴える。

しかし、乾く口の中を湿らすように唾を飲んだ私は、胸の痛みを無視して言葉を続けた。

「純潔を失った以上、あなたと結婚するのが一番丸く収まると思って仕方なく恋愛ごっこに付き合ったけど、お父様が結婚しなくていいって言っているのに、わざわざあなたと結婚する必要はないって気付いたの。だからもう、こんな馬鹿げたお芝居は終わりにしようと思って。あなたが好きな可愛らしい女を演じるのにも、そろそろ疲れちゃったしね」

馬鹿にするように、わかりやすく微笑《ほほえ》んでみせる。

自分の言葉でずたずたに引き裂かれた心が悲鳴を上げるも、顔色は変わっていないはずだ。このために、頬紅をきつくしたのだから。

「だから、終わりにしましょう」

部屋に、痛いほどの沈黙が落ちる。

さすがに目線を合わせることができずに、塗られた爪を眺める振りをするも、手は嫌な汗で冷たく湿ってしまっている。

無音の世界に、耳鳴りだけが騒がしい。

拍動を伴ってガンガンと鳴り響く耳音で、平衡感覚も定かではない。

冷や汗を掻《か》きながら、ひたすらロルフ卿の反応を待つ。

時間にして一、二分、まるで永遠かと思えるのような時間が過ぎた後。

ようやくロルフ卿が口を開いた。

「媚薬を、ヒルデガルド嬢に飲ませようとしたという話をしたのは、何故《なぜ》だ。黙っていることもできただろう?」

存外穏やかな声に、はからずもほっとする。怒鳴り散らされることも覚悟していたのだ。

けれども依然ロルフ卿の目を見ることができない私は、手元を見詰めたまま素っ気なく答えた。

「深い意味はないわ。強いて言うなら、フェアじゃないと思ったからよ」

「そうか。君らしいな」

「……」

この人は何故、こんなにも言いたい放題言われているというのに、まだ優しいのか。柔らかな声音に、涙が出そうになる。

きっと、いや間違いなく、今ロルフ卿は優しい目をしているだろう。

温かく包み込むような眼差《まなざ》しを思い出して、慌てて顔を背ける。

誤魔化すように立ち上がった私は、ロルフ卿に背中を向けて、精一杯冷たい声を出した。

「聞きたいことはそれだけ？」

「いや、もう一つ」

「……なにかしら」

「君が先程言っていたことだが、君は、ヒルデガルド嬢に媚薬を飲ませようとしたで間違いはないか？」

「そうよ」

「俺と彼女に、飲ませるつもりだったんだな」

「………そうね。そして質問は一つだったはず。二つも質問には答えたから、もう帰るわね」

「……」

「さようなら」

背を向けたまま、言い捨てるように別れを告げて扉へと向かう。

ゆったりとした足取りで部屋を横切ったのは、何も演技のためばかりではない。

部屋を出て、背中で扉の閉まる音を聞きながら、必死に泣くまいと唇を噛《か》む。

宿のフロントを抜けて、待たせていた我が家の馬車に乗って初めて、私は声を上げて泣いた。

しかし、ロルフ卿と別れ、家へと向かった私は、一人静かに悲しみに浸ることさえ許されなかった。

着いて早々に、お父様に呼び出されたのだ。

もう何もかもがどうでもいい心境の私は、ロルフ卿と会った姿のまま、着替えもせずに書斎の扉を叩《たた》いた。

「……ロゼリア。お前何をした」

「質問が抽象的ですわね。でも、お父様がお考えになっていらっしゃることで、間違いないと思いますわ」

「その口のきき方は何だっ!? 質問に答えろっ!!」

青筋を立てて怒鳴られるも、今の私には何も感じない。

これまで私は、何故あんなにもこの人に見捨てられることが怖かったのか。今となっては、全てが馬鹿々々しく思える。

無感情に、怒鳴り散らすお父様を見返す。

すると私の態度から色々と察したらしいお父様が、青筋の数を増やして睨み据えてきた。

「お前……。奴《やつ》に話したな」

「何をです? お父様もご存じのように私は賢い娘ではないので、はっきりと仰《おつしや》っていただかなければわかりませんわ」

「今更馬鹿の振りをするのはやめろっ！　奴に計画を話したのだろう!?　お前のやりそうなことなど見え透いておるわ!!」

どうやらお父様は、私がお父様の企みをロルフ卿に密告したと思っているらしい。さしずめ事情を話し、駆け落ちを持ちかけて断られたとでも思っているのだろう。

余りに短絡的な発想に、私はため息を吐いた。

「まさか。私は単に、別れを告げただけです」

「は？　お前が？」

「いくら私でも、そこまで愚かではありません」

きっぱり言い切る私を、お父様がじろじろと観察してくる。

嘘を吐いていないか探っているのだ。実の娘相手に、疑《うたぐ》り深いことこの上ない。

そう、この人にとっては、家族であっても疑いの対象なのだ。

今更ながら、父と娘にしては殺伐とした関係性を自覚する。

白々とした思いで見返すと、ようやく私が嘘を吐いていないと納得したらしいお父様が、馬鹿にしたように鼻を鳴らした。

「だからお前は駄目なのだ。いい加減大人になれ、ロゼリア。そもそもお前もゾネントスの娘ならば、我が家にとって何が一番なのかをまず第一に考えて行動しろ。それが、この家に生まれた者の務めだ」

青臭い正義感を振り回すなと、言いたいのだろう。確かにその自覚はある。

けれども私は、これまでと違い揺らぐことなく、静かにお父様を見返した。

「いいえ、お父様。これが、我が家にとって何が最良かを考えて行動した結果です」

「……何が言いたい」

いつもと違う私の反応に、眉を寄せたお父様が身構えたように声を低くする。

その顔を黙って見詰めて、私は静かに口を開いた。

「お父様がかつて、お母様との結婚前に、前《さき》の王妃殿下と恋仲であったと聞きました。私を王太子妃にと躍起になられたのは、もちろん我が家のためもあるでしょうが、一番は、ご自身が果たせなかった王妃殿下との約束を、私と王太子殿下で果たさせようとしたのではありませんか？」

「……」

私の言葉に、お父様が黙り込む。

つまりは、肯定ということだ。

推測を確信に変えた私は、抑揚のない口調のまま、話を続けた。

「王妃殿下が急逝された原因は、未《いま》だ明らかになっていません。いえ、明らかになっていないというよりも、誰も明らかにしたがらないと言った方が正しいでしょう。ですが、王妃殿下が亡くなられることで利益を得られる人間は、一人だけ。となれば、言わずとも理由は明らかです。……皆、モント公爵が手を下したことを知っていて、知らない振りをしていたのですね」

今回、お父様がロルフ卿を使ってモント公爵を失脚させるつもりだと聞いて、私はお父様が何を根拠に公爵をゆするつもりでいるのかを知るために、お父様とモント公爵の過去を調べたのだ。

そこで初めて、私はお父様が前の王妃殿下と恋仲であったことに加えて、お父様とモント公爵が以前は仲の良い友人であったこと、王妃殿下が逝去された後に、何故か二人が決別して憎み合う——というよりも、お父様が一方的にモント公爵を憎む関係となったことを知ったのだ。

王妃殿下の死因については、私もモント公爵が怪しいという話をうっすら聞いて知ってはいたけれど、あくまで噂《うわさ》に過ぎない。権力を持てば、人はあることないこと言い立てられるものだ。

だから私は、今回の件で詳しく調べるまで、モント公爵が前の王妃殿下の死因に関与しているという話については、人の妬みが噂をさせるのだとしか思っていなかった。

しかし、噂は本当だったのだ。

「ロルフ卿に用意させる証拠というのは、さしずめモント公爵が前の王妃殿下を手に掛けた証拠というところでしょう。ですが、皆が知っていて口を噤《つぐ》んでいたことを今更暴いたとて、誰が話に乗るというのです。しかも暴くのは嘘吐きで狡猾《こうかつ》だと言われているゾネントス公爵となれば、誰も耳を貸さないでしょう。つまり、前の王妃殿下の死にモント公爵が関係していたという証拠を揃《そろ》えたとしても、モント公爵を失脚させることは不可能だということです」

「……」

お父様の眉間のしわが、ますます深くなる。口元を引き結んで黙りこくっているところを見るに、お父様も薄々はわかっているのだろう。

にもかかわらず、強引にモント公爵を失脚させようと画策したのは、ひとえにお父様の私怨に他ならない。

そして、得てして私怨による行動は、人を盲目にさせ、破滅へと導くのだ。

「ですから私は、我が家のためを思って、事前にお父様の計画を止めさせていただきました。むしろお父様こそ、我が家にとって何が最良かを考えられたらいかがですか?」

まっすぐに視線を向けるも、依然お父様の顔は険しい。菫《すみれ》色の瞳は、光を失ってほぼ黒に近い。

暗い色の瞳につられ、先ほどのロルフ卿を思い出した途端、私の胸に鋭い痛みが走った。

「……ふん、知ったような口を。お前ごときに何がわかると言うのだ」

「だからこそ、ですわ。私のような取るに足らない小娘にわかることが、お父様にわからないはずがありませんでしょう?」

「もういい。下がれ」

完全に背を向けたお父様に、一礼してから書斎を出る。

これでもう、お父様には完全に見限られただろうが、今の私には何もかもがどうでもよかった。

やるべきことはやり終えた。ロルフ卿には真実を告げ、お父様には諫言《かんげん》を述べた。

どちらとも縁は切れてしまったが、そもそも最初からあってないようなものだったのだ。

ロルフ卿にしろお父様にしろ、嘘を、虚像を真実と自分に思い込ませて生きていくよりは、余程いい。

ただ、ただ、疲れた。

馬車の中で散々泣いた眼《め》は、もう涙など涸《か》れ尽くしたかのようだ。今は、濃くて重い疲労感だけが纏わりついている。

誰もいない部屋の中、外出着を着替えることなくベッドに横たわった私は、小さく膝を抱えるように丸くなって、目を閉じた。

VII

ロルフ卿《きょう》に真実を告げてからほぼひと月。

お父様から謹慎を言い渡された私は、ほとんどの時間を自室で過ごしていた。

私室のある東の棟内と中庭に出ることは許されていたものの、何をするにも気力がわかず、自ら引き籠もっていたのだ。

このひと月は、毎日を暗い室内から、明るい日差しの庭をぼんやりと眺めていたことくらいしか、ほぼ記憶がない。

好きだった百合《ゆり》の花も、見るのが辛《つら》くて庭に植えていたものは全て刈り取らせてしまった。見れば、幸せだった逢瀬《おうせ》を思い出すからだ。

でも不思議なもので、花はないはずなのに、ふとした時に匂いが漂ってくる。

多分残り香だろうが、甘く優美なその香りを嗅ぐと、過去の感情が胸にありありと蘇《よみがえ》り、切なさに締め付けられたようになる。

そんな私は、嫌でも自覚せざるを得なくなった。

どうやら私は、自分でも思っていた以上に、真剣にロルフ卿に恋をしていたらしい。

別れを告げると決めた時は、所詮私とロルフ卿は私の嘘《うそ》から始まった関係なのだから、簡単に終わらせることができると思っていた。離れていれば会いたいという思いも、会えば心が震えるような喜びも全て、初めての恋人付き合いに舞い上がっているだけだと思っていた。――いや、思うようにしていたのだ。

私は、誤魔化しで口にしたあの時以来、一度もロルフ卿に好きだと言ったことはない。

これ以上嘘を塗り重ねたくないという思いからではあるけれども、やはり心のどこかで、終わりがくることをわかっていたのかもしれない。

そしてこの先も、その言葉をロルフ卿に告げることはないだろう。

しかし、恋とは熱病のようなもの、冷めてしまえばこの胸の痛みも嘘のように消えてなくなると思ってはみても、一向に痛みが消える気配はない。

むしろ日一日と、症状が悪化している気さえする。

無気力に、一日の大半を掛布に包《くる》まって過ごしていた私は、もはや何もかもがどうでもよかった。

だから遂《つい》にはその日、使用人が私の部屋の荷物を纏《まと》め始めた時も、私は単に「そうか」と思っただけだった。

用無しになった私を領地の奥にでも追いやるために、お父様が使用人に命じたのだろう。むしろ遅かったくらいである。

子供の頃から側《そば》にいてくれた、私付きの使用人であるシンシアの姿が見えないことが気がかりではあったものの、私の立場でどうこうする術《すべ》はない。

ぼんやりと皆が忙しく立ち急ぐ様を眺める。

さらにはその二日後、ほぼ部屋の荷物が運び出された後で外出の支度をと言われても、私は無感情に頷《うなず》いただけだった。

ここで抵抗しても、なにも変わらない。

もとよりお父様に楯突《たてつ》くと決めた時から、覚悟していたことである。

しかし。

何故《なぜ》か隅々まで磨かれ、化粧を施された私は、領地へと旅立つにしては不釣り合いなドレスを着せられることになった。

それこそ今から夜会に行くのかという出《い》で立《た》ちである。

内心困惑しつつも、黙ってされるがままにドレスアップされた私は、これまた黙って執事に案内されるがままに馬車に乗り込んだ。

馬車も我が家の家紋が入った煌《きら》びやかな馬車だ。どうみても、用無しの娘を寂れた奥地に捨てに向かう馬車ではない。

何となく嫌な予感を感じていた私は、案の定後から馬車に乗り込んできたお父様の姿に、手にじっとりと汗を掻《か》いていく感覚を味わっていた。

「なんだ、やけに痩せたな。きちんと食べていなかったのか？　容色の維持は貴族の娘として最低限の義務だと教えたはずだぞ」

呆《あき》れたように言われて、心が冷えびえと冷たくなっていくのがわかる。

お父様が私の体の心配などすることがないのはわかり切っているが、この言い方からすると、まだ私を使って何かさせようという魂胆らしい。もしやロルフ卿に何かする気でいるのかと、眩暈《めまい》がするような思いに襲われる。

私が何か言ったところで聞くような人ではないけれど、何故こうもモント公爵のこととなるとお父様は冷静な判断ができなくなるのか。

失望感を隠しもせず、お父様に冷たい目線を送る。

すると私の視線から考えていることを察したらしいお父様が、にやにやと笑みを浮かべて口ひげを撫《な》でつけた。

「心配しなくていい。お前に何かさせるつもりはない」

「……」

「今日は単に、お前宛で王太子直々の招待状が届いたから連れて行くまでだ」

やけに機嫌がいい。

こういう時は、用心するに限る。

「ははは、まだ疑っているのか？　お前もいい顔をするようになったじゃないか。だが実際何もないのだから疑うだけ無駄だぞ」

警戒心も露《あら》わに押し黙る私に、お父様が上機嫌で笑顔を向けてくる。

だが私の荷物が運び出されている以上、何かあるのは確実である。嘘か本当かわからないが、どちらにしろこの状況では、従うよりほかはない。

馬車という密室の中、ずっと険悪なままでいるのも馬鹿々々しいと判断した私は、小さく息を吐いてからお父様に向き直った。

お父様の機嫌がいいというのなら、この機会を利用しない手はない。

「過去にお父様とモント公爵の間で、いったい何があったのです？」

単刀直入に聞く。どうせお父様相手に、小細工は通用しない。

それに何となく、今なら答えてもらえる気がした。

「お二人は親友だったと聞きました。それがここまで反目し合うことになるなんて、余程のことがあったとしか思えません。やはり、前《さき》の王妃殿下のことでしょうか」

同い年の二人は同窓生であり、少年期から青年期を共に同じ寮で過ごした仲だという。ゾネントスとモントという因縁の家門ではあるけれども、お互いに公爵家という身分から、当時は数少ない気の置けない友人として、随分と親しくしていたらしい。学校を卒業した後も、両家の親――つまり私のおじい様に嫌な顔をされつつも、二人の交流は続いたそうだ。

にもかかわらず、王妃殿下の死後、一転して二人は険悪な仲となった。かつてお父様と前の王妃殿下は恋仲であったことからも、やはり二人の決裂の原因は前の王妃殿下の死因で間違いないだろう。さしずめ家門のために前の王妃殿下を弑《しい》したモント公爵を、お父様は許せなかったといったところか。

しかし、私の予想を嘲笑《あざわら》うかのように、座席に深く腰掛けて腕を組んだお父様が、顎を上げて見下ろしてきた。

「は。ようやく口を開いたかと思えばいきなりそれか。相変わらずお前は駆け引きというものがわかってないな。お前もゾネントスなら、もう少し相手を懐柔する術《すべ》を身に付けろ」

「……」

「だが、まあいい。今日は特別に答えてやろう」

本当に、機嫌がいい。それとも追い出す娘への、せめてもの餞別《せんべつ》か。

どちらにしろ滅多にはない機会に、私は神妙な態度でお父様の顔を見詰めた。

「お前、モントの紋章が何か知っているか？」

「え……？　はい、オオカミです」

唐突に聞かれて、戸惑いつつ答える。

モント公爵との因縁と家紋に、何の関係があるというのか。

するとそんな私に、お父様が馬鹿にしたような鼻息を立てた。

「ふん、あれはオオカミではない」

「そうなのですか？　てっきりオオカミだとばかり……」

「あれはキツネだ」

言われてモント家の家紋を思い浮かべるも、どう見てもキツネには見えない。第一、描かれた毛皮の色は灰色である。

それこそキツネにつままれた気分で見返すと、お父様が私の考えなどお見通しだといった様子で話を続けた。

「正確に言うと、オオカミとキツネの中間のような動物らしい。だがモントの奴《やつ》がキツネと言うんだから、キツネで間違いないだろう。まあ、ほとんど知られてはいないがな」

つまり想像上の動物なのだろう。

しかしながらオオカミとキツネでは、家紋のイメージが大きく異なる。どちらも知恵者の意味を持つが、前者は勇敢な指導者のシンボルであるのに対して、得てして後者は、狡賢《ずるがしこ》いペテン師にたとえられることも多い。

家紋なのだから、もちろん悪い意味ではなく、豊穣《ほうじょう》と富をもたらす慈悲深い存在のキツネとして使われているのだろうが、むしろそちらの意味を知る人間は少ないのではないだろうか。

「つまりは、そういうことだ。本来キツネの象徴をオオカミと偽るような連中だということだ」

皮肉るように口の端を上げる。

「勇敢で公明正大なイメージの裏に、狡猾《こうかつ》で人を欺く本性を隠し持っているのだよ。これほど家紋が本質を表す一族もそうなかろう」

「……」

「しかも執念深いときてる。一度執着したものは、絶対に諦めないし手放さない。……まあそこは、オオカミも同じだがな。お前の大好きなあの小倅《こせがれ》も、そのモントの血を引いているということをよく覚えておくがいい」

そう言って、再び鼻息を吐いて背もたれに寄り掛かる。

それきり、話は終わったとばかりに目を細めて口を閉ざしてしまう。

何となく言いたいことはわかったけれど、これでは二人の間で何があったかはわからない。

けれども、すでに自分の世界に入っているらしいお父様に、改めて問いただすのも躊躇《ためら》われる。

そもそもこれ以上聞いても、答えてくれることはないだろう。

諦めて私も座席に身を預ければ、車内に沈黙が下りる。

だが不思議と、居心地は悪くない。

規則正しい車輪と蹄《ひづめ》の音が聞こえる中、穏やかな空気が流れる。

顔を横に向けて窓から外の景色を眺めていた私だったが、ふと、お父様と一緒に馬車に乗るのもこれが最後なのだと気が付いた。

ちらりと目線だけでお父様を盗み見れば、白髪に加えて、目尻にもしわが増えていることがわかる。若かりし頃は絶世の美男子と言われた美貌は未《いま》だ健在ではあるが、確実に老いは忍び寄っている。

記憶の中のお父様と、現実との差に、内心ひどく驚きを覚える。

だけどこの馬車を降りた瞬間から、きっと私たちは、二度と親子として同じ時を過ごすことはないだろう。

諦念と寂しさをない交ぜにしたような、何とも言えない感情に襲われた私は、静かに目線を窓の外に戻した。

王宮に到着した私は、お父様のエスコートを受けて、会場である大広間に登場することになった。

そしてすぐ、会場正面奥、王太子殿下の後ろに控える人物が視界に入り、視線を逸《そ》らした。

こんなにも大勢の人が居る中で、まっさきに彼の姿を探し出す自分には、ほとほと嫌気がさす。

私から別れを告げたのだというのに、未だに執着を捨てきれないなんて、滑稽でしかない。

緊張して、お父様と一緒に、今日の主催であり主賓でもある王太子殿下のもとへと向かう。

挨拶と祝辞を述べる私たちに、会場中の視線が集中した。

「やあロゼリア、久し振り。女性の君にこんなことを言うのは申し訳ないけど、少し痩せたんじゃないかい？」

「とんでもございません。体調を崩しまして家に引き籠もっておりましたので、それででございましょう。お気遣い、痛み入ります」

雑談の間にそれとなく、王太子殿下の周囲に視線を向ける。逆にまったく見ようとしないというのも、不自然だろう。

しかし、私の視線を別の意味で捉えたらしい王太子殿下が、にこやかに笑みを向けてきた。

「ああ、ミルローゼは今日はいないんだ。少し、風邪を引いてしまったようでね。式の準備やら何やらでここのところずっと忙しかったから、それでだろう」

「左様でございますか。お会いできるのを楽しみにしておりましたので、残念ですわ」

さりげなく微笑《ほほえ》んでみせるも、ヒルデガルド令嬢の姿がないことに今更ながらに気付かされて、内心驚きつつ冷や汗を掻く。私は一体、どれだけ緊張していたのか。

ロルフ卿に気を取られていたにしても、注意力も散漫が過ぎるだろう。

「うん、ミルローゼも君に会えるのを楽しみにしていたんだけどね。ほら、ミルローゼは王宮やこのしきたりに不慣れだろう？　だから君のことは頼りにしてるんだよ」

にこにこと笑って言われるも、どこまでが本当のことなのか。

だが、王太子妃となる教育を受けてこなかったヒルデガルド令嬢が王宮のしきたりに不慣れだというのは、事実だろう。さしずめ、侍女選びに苦戦しているといったところか。

王太子妃に相応《ふさわ》しく、高位の貴族女性を侍女に付けたいところだけど、実家の力が弱い彼女に侍女として仕えたいという者がいないのだろう。王太子の寵愛《ちようあい》を得ているとはいえ、これまで身分が下と見下してきた人間に仕えなくてはならないとなれば、躊躇って当然だ。

さすがに公女である私が侍女になることはあり得ないけれど、ゾネントス公爵家の私が親しくしているとなれば箔《はく》が付く。だから王太子は、私に招待状を送ったのだ。

「まあ、嬉《うれ》しいですわ。ではお元気になられた暁には、ぜひ」

「うん。よろしく頼むよ」

さわやかに笑って言われるも、内心苦笑してしまう。

同じ王太子妃候補であった私は、言わば振られたようなものである。にもかかわらず、振った女に恋人の世話を頼むとは。

体面上のものだとしても、この邪気のない笑顔で言えるところが凄《すご》い。

以前はただ憧れるだけで気付けなかったことが、距離を置いた今ならば、色々と見えてくる。

図々《ずうずう》しくなければ王太子などやっていられないのだろうけど、さすがに無神経が過ぎやしないだろうか。袖にした我が家に堂々と援助を頼むなど、傲慢であるとしか言いようがない。

多くの忠臣の反対を押し切り、反感を買ってまで選んだ結果がこれなのかと、白々しい思いになる。

だが、私も以前の私ではない。

化かし合いに付き合って、ことさら華やかに微笑んで頷いてみせる。

所詮この貴族社会では、真実も嘘も、意味をなさない。求められるのは、見てくれのよい言葉だけ。体面さえ整っていれば、あからさまな嘘であっても後から何とでも言い訳のしようがある。

だからこそ、私は王太子妃に選ばれなくて当然だったのだ。

むしろ今では、選ばれなくてよかったとさえ思える。

にこやかに殿下との会話を終えて、お父様と一緒に面前を退く。

殿下から離れてエスコートを解くと、お父様が私を揶揄《からか》うように、意地の悪い笑みを浮かべて見下ろしてきた。

「なんだ、お前もやればできるじゃないか。以前のお前だったら、あからさまに顔に出していただろう？」

「私もお父様の娘ですから」

小さく肩を竦《すく》めてみせれば、お父様がくつくつと笑い声を漏らす。

やはり、機嫌がいい。よほど何かいいことがあったのだろう。

その何か、が何なのか、ずっと考え続けていた私は、探るように目を細めてお父様を見上げた。

「上機嫌でらっしゃいますのね。不出来な娘でも使い道があったようで、よかったですわ」

「はは、そうだな。持つべきは娘だと、改めて思うよ」

先ほどの遣《や》り取《と》りから考えて、多分お父様は、今後王太子殿下は我が家の庇護《ひご》を仰がなくてはならない状況になると判断したのだろう。後ろ盾のない王太子が、これまた実家の力のない王太子妃を選んだのだから、人心が離れるのは当然のことである。しかもモント公爵家という強い後ろ盾を持った王子が他にいるとなれば、そちらこそを王太子にという流れが起きるのは目に見えたこと。

つまり、王太子殿下が今の地位を維持するには、モント公爵家に対抗しうる力を持つ我が家の庇護が必須なのである。

しかしながら、強硬にヒルデガルド令嬢を王太子妃にしたあたり、政治的視野もなく、我が家を遠ざけるのではないかとお父様は懸念していたに違いない。となれば殿下の廃太子は必然、結果、モントの血筋の王子が王太子となり、我が家の勢力は大きく削られることになっただろう。だからこそお父様は、モント公爵を牽制《けんせい》するために、弱点を欲したのだ。

けれども、王太子殿下が我が家の力を必要とし、尊重する気があるとわかれば、状況は大きく変わってくる。モント公爵の弱点がわかればそれに越したことはないだろうけど、無理に弱点を探って危険を冒す必要はない。

したがってロルフ卿を操る必要もなくなり、代わりに私をヒルデガルド令嬢に近づけることで、王太子殿下に貸しを作る気でいるのだろう。

そのためお父様は、一度は捨てると決めた私を、今日王宮に連れてきたのだ。

「お褒めに与《あずか》り光栄です。でも買い被《かぶ》りすぎでしょう。私のように不肖の娘では、お父様のご期待には応えられそうにありませんわ」

さすがにもう、疲れ果てた。

これまでは家族としての愛あればこそ、お父様に従ってきたけれども、お父様にとって私はいつでも切り捨てることができる使い捨ての操り人形にしか思われていないとわかってしまった今では、何もかもが虚《むな》しい。

第一、今は良くても、いつまた不要の存在となるかわからない。常に捨てられることに怯《おび》えながら過ごすのは、辛すぎる。

それに。

私がいなくたって、我が家が——お父様がどうにかなることなどないのだから。

「——ではこれで。私は失礼させていただきます」

お父様の返事を待たずに、綺麗《きれい》に礼を取って身を翻す。背後でまだくつくつと笑うお父様の笑い声を感じながらも、私は振り返らずにまっすぐ会場の出口へと向かった。

どんなに抗《あらが》ってみせても、結局は家に帰るしかないことをお父様も知っているのだ。

だがそれも、今日で終わりである。

私は、今夜中に家を出て領地へ向かおうと決意していた。

私の部屋の荷物は、お父様によっていずこかに運び去られてしまったけど、最低限の着替えくらいは残っている。そもそもこれからは、寒村の修道院で過ごすことになるのだから、そう多くの荷物は要らない。今日のために密《ひそ》かに用意していたトランクもある。

お父様のことだから、我を張って自ら出て行った娘など、追いはしないだろう。

ただ一点、ロルフ卿のことだけが心配であったが、今日のお父様の様子を見るに、彼を利用しようという企《たくら》みは諦めたようだ。

ロルフ卿にしても、私を一瞥《いちべつ》もしなかった。

だがそれも、当然である。

あんなにも誠意を持って接してくれた彼を、手酷《てひど》く振ったのは私だ。それに、私はずっと彼を欺いていたのだから。

きっと嘘吐《うそつ》きな人でなしと、私を軽蔑していることだろう。

にもかかわらず、私を見もしないロルフ卿を思い出すだけで、息が止まりそうになるくらい、胸が痛みを訴える。空気が薄くなったかのような感覚にとらわれ、のろのろと歩みが遅くなる。

いつかと同じ、回廊の突き当たりを曲がった先で足を止めた私は、よろける体を支えるように、壁に手を突いて目をつぶった。

本当のことを言うと、ロルフ卿が引き留めてくれるかもしれないと、どこかで期待していたのだ。もしくは、引き留めるまではいかなくとも、少しくらいは未練を残してくれているかもしれないと。

けれども、無論そんなはずもなく。

ロルフ卿とのことは何もかも全て自業自得だというのに、未だに都合のいい期待をしていた自分には呆れ果てるしかない。

ロルフ卿にしてみたら、私のことなど、二度と見たくもないに違いない。今となれば、かつて睨《にら》まれていた時の方がまだ親しみがあったように思える。

しかしそうは思ってみても、胸の痛みは一向に収まる気配がない。

ともするとうずくまりそうになる体を、必死に支えて立ち尽くす。

無心になって吸って吐いてを繰り返し、呼吸に意識を向けてようやく少しだけ胸の痛みが和らいだ私は、ゆっくりとつむっていた瞼《まぶた》を開いた。

痛む胸を押さえて、止まっていた足を前に踏み出す。

けれども、その時。

唐突に腕を摑《つか》まれた私は、驚いて後ろを振り返った。

振り返ってそして。

この場にいるはずのない人物をそこに認めて、私は硬直してしまった。

「ロルフ卿……」

なぜ、彼がここに居るのか。

幽霊でも見たかのように目を見開く私を、ロルフ卿が無言で腕を引く。

腕を引かれるがままに近くの部屋に連れられた私は、これまたいつかと同じように、呆然《ぼうぜん》と目の前で扉が閉まるのを見守った。

ガチャリ、と音を立てて鍵が掛けられる。

混乱しながら隣を見上げると、摑んでいた腕を放したロルフ卿が、顔色を変えずに私と距離を取った。

「……どうして……ここに……？」

「警備用の通路を使って、先回りさせてもらった」

「……そうですか」

王太子殿下の側で控えていたはずのロルフ卿が、どうやってここまで来たのかも気になるが、聞きたいのはそこではない。

同時に、無意識に期待していた気持ちが、大きく落胆する。

もしかして、会いたくて追いかけてきてくれたのかと思ったのだ。

当然それに類する言葉が聞けるものと思っていた自分に気付いて、自嘲の笑みが浮かぶ。さらにロルフ卿と距離を取ろうと後ろに下がろうとして、しかし。

そうはさせまいとばかりに手首を摑まれて、ますます私は混乱した。

「あの——」

「君に話がある」

「……」

険しい顔で言葉を遮られて、思わず身構える。

もしや、媚薬《びやく》の件を咎《とが》められるのか。未遂だったとはいえ、王太子妃となる女性に薬を盛ろうとしていたのだから、筆頭護衛の立場上見過ごせないだろう。

ずい、と空けた分だけ距離を詰められて、体を硬くする。手首は摑まれたままだ。体勢的に、扉とロルフ卿とに挟まれて、逃げ場もない。

影が差すほどの近距離で、あの海のような瞳に見据えられ、睨まれて、蛇に睨まれた蛙《かえる》の如《ごと》く動けない。

だが、ロルフ卿の口から出てきた言葉は、私が予想していたどの言葉でもなかった。

「君の御父上《おちちうえ》――ゾネントス公爵に、君との結婚の許可をもらった。だから、迎えにきた」

「………………は？」

「迎えにくるのが遅れてすまない。しかも君に贈る品を見つけられなかった。見つかるまでの間はこれで代用してもらうことになるが、いいだろうか？」

そう言って、私の手首を掴む手とは別の手で、胸の隠しポケットを探って何やら光る物を取り出す。握られた指の間に、見慣れた紫色の輝きを放つ指輪を認めて、私は完全に固まってしまった。

この人は、一体何を言っているのか。要らないと言って突き返した物を、なぜ。

第一私たちは、別れたのではなかったのか。私が告げた別れの言葉に、ロルフ卿も同意したはずである。

にもかかわらず。

「サイズは直したから、ぴったりなはずだ。メインの石はそのままだが、華やかに見えるよう少しデザインを変えてみた。……どうだろうか？」

「……」

「気に入らないのなら、別の物で代用する。ただ、今すぐに用意するとなると、モント家《実家》にある宝飾品《もの》になってしまうから、できればそれは避けたい。君には、俺が用意したものを身に着けてほしいんだ」

確かに以前はシンプルな作りだった指輪が、台座の石を取り囲むように、七色の煌めきを放つ金剛石で華やかに彩られている。

だが、今は指輪のデザインは重要ではない。

問題は、ロルフ卿がお父様に、私との結婚の、許、可、を、も、ら、っ、た、ということだ。

「どう……して……。私たち、別れたはずでは……」

私との結婚の許可を条件に、お父様がロルフ卿を都合よく操る気でいることを知ったからこそ、断腸の思いで別れを切り出したのだ。なのにこの人は、すでにお父様から結婚の許可をもらったと言う。

それはつまり、自らお父様のもとに行って、無理難題を引き受けた、ということだ。

でなければあのお父様が、私との結婚を許すはずがない。

しかしながらそういえば、やたらとお父様の機嫌が良かったことを思い出す。

先ほどの王太子殿下との遣り取りから、てっきりゾネントス公爵家が王太子殿下の後ろ盾となる算段がついたから機嫌がいいのかと思っていたが、実際は違ったわけだ。結婚の条件として何をロルフ卿に要求したのかはわからないが、おおよその予想はつく。

そこまで考えを巡らせて、私はくらくらと眩暈がするような思いに襲われた。

「……指輪は要らないと、言ったはずよ」

「すまない。では首飾りを贈ろう」

極上の愛に溺れる♥乙女のためのラブノベル

ティーンズラブ小説新レーベル

ロサージュノベルス

Rosage Novels

4.25創刊！ 毎月25日発売!!

番と知らずに私を買った
純愛こじらせ騎士団長に
運命の愛を捧げられました！

著：犬咲

イラスト：御子柴リョウ

不憫で最強の推しを
モブ以下令嬢の私が
いつの間にか手懐けていました

著：前澤のーん

イラスト：チドリアシ

ロゼと嘘
～大嫌いな騎士様を
手違いで堕としてしまいました～

著：碧 貴子

イラスト：篁ふみ

2503 R

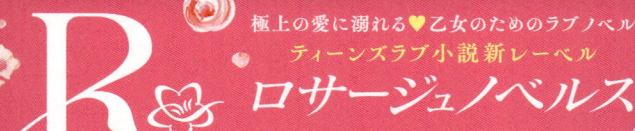

「だから！　指輪だろうが首飾りだろうが、あなたからの物は要らないと言っているの！　そもそも私たち、別れたはずでしょう!?」

噛《か》み合わない会話に、声を荒らげてロルフ卿の手を振り払おうとする。

しかし、私の手首を掴む手はびくともしない。逆に引き寄せられ、ますます距離を詰められて、私は声にならない息を呑《の》み込んだ。

「俺は、承知するとは、一言も言ってはいない」

「で、でもっ……！」

「それに君は、本気で俺と別れる気でいたのか？」

「もっ……もちろんよ。でなかったら、言わないわ」

切り込むような眼差《まなざ》しと口調に、我知らず言い淀《よど》んでしまう。

いくらなんでも、狂言で別れるなどと言ったりはしない。バクバクと煩《うるさ》い心臓を無視して精一杯睨みつける。

すると一層瞳の色を濃くしたロルフ卿が、見たことのない笑みを浮かべた。

「君は、思い違いをしている」

「え……」

「俺は、君が思っているような、聞き分けのいい紳士なんかじゃない」

言いながら片腕を私の腰に回し、引き寄せる。

密着し、動きを封じられて、私は知らぬ内に唾を飲み下した。

こんなロルフ卿は、知らない。

「確かに自分の気持ちを自覚したのは君に言われてからだが、それよりももっと前から、君のことはずっと気になっていたし、見てきたんだ」

「い、いつから……」

「多分、初めて会った時から」

以前から気になっていたとは言われたが、まさかそんな前だったとは。言われてみれば確かに、いつもロルフ卿の視線は感じていた。

とはいえ、とても好意的とは言えないものだったけど。

「だから、君が嘘を言っているのか、本当のことを言っているのかどうかくらいは、すぐわかる」

「なっ……、それこそ嘘よ！　だったら何故、最初の時の嘘を信じたの!?　あなたを慕っているって言ったのは、あれは本当に嘘よ！　媚薬のことを誤魔化すために言った嘘だもの！」

私が嘘を言っているかどうかわかると言うのなら、私などにこんな簡単に誑《たぶら》かされることはなかったはずだ。

「あなたこそ、嘘吐きよ！」

「そうだ。俺は嘘吐きだ」

あっさりと肯定されて、返す言葉を失う。

これでは会話にならないではないか。支離滅裂な返答は、それこそ彼らしくない。

しかし、激しく困惑する私をよそに、ロルフ卿がこれまた見たことのない、陰のある笑みを浮かべて顔を近づけてきた。

「君は、誰もが自分と同じように、清廉潔白だと思うのはよした方がいい」

「そ、そんなこと……」

「だからこそ、そんな君がもどかしくもあり、同時にずっとそのまま、純粋なままの君でいてほしいとも思う。……まあ、当時はもどかしい思いが強かったんだが。今にして思えば、君の隣で君を守る役割が何故自分じゃないのか、それが一番もどかしかったんだろうな」

苦笑するロルフ卿に、目を丸くする。

こんなのまるで、愛の告白ではないか。

すると私の考えを読み取ったかのように、ロルフ卿がすかさず言葉を継いだ。

「そうだ。ずっと君が好きだったんだ。だからロゼ、あの時の君の言葉が嘘だったのかどうかなんて、どうでもいい。俺が君を好きで、君を抱きたいと思ったから抱いた、それだけだ」

「……っ」

「ロゼ、君が好きだ。愛してる」

至近距離で覗《のぞ》き込まれ、愛を告げられて、途端に何も考えられなくなる。

目の前の青い瞳は、真剣そのものだ。海のように深いその瞳に捕らえられて、息もできない。

ただひたすらに深く青いその色を見詰めていると、さらに顔が近づけられて、希《こいねが》うようにロルフ卿が囁《ささや》きを漏らした。

「嫌か？」

鼻先が触れ、吐息が唇をくすぐる。

「嫌なら嫌だと言ってくれ――」

次の瞬間、唇を塞がれて、私は答える術を失った。

重ねられた唇の感触に、頭の奥が痺《しび》れて体から力が抜ける。無意識で振り上げた手は、抵抗する力もなく、ただロルフ卿に搦《から》め捕《と》られた。

嫌かと聞くくせに、答えさせる気はないのだ。

そしてもちろん、嫌であるはずもなく。

心の内を探るように、確かめるように、触れ合わされた唇が柔らかく擦《こす》られて、食《は》まれる。

抱き寄せられ、喘《あえ》ぐように息を吸うと、開いたその隙間から熱い舌が差し込まれて、震えるほどの愉悦に、私はあっさりとロルフ卿の手の中に堕《お》ちた。

探るようだった口付けが、私に抵抗する気がないとわかった途端、激しさを増す。搦め捕られ、嬲《なぶ》られて、嵐の只中《ただなか》で翻弄されているかのようだ。

形だけは抵抗してみせた手も、今は解放されて、縋《すが》るかのように胸の間に置かれている。

ロルフ卿の体と扉とに挟まれて、息も絶え絶えに深く激しい口付けを受け入れていると、頭上でゴトリと、金属が扉に嵌《は》められる音が、振動を伴って響いた。

「あ……」

鍵とは別に扉上にある、閂《かんぬき》が掛けられたのだ。

なぜ、と思う間もなく顔が離されて、体を抱き上げられる。頭が状況を理解しようと努力している間にも、大股に部屋を横切ったロルフ卿が、私を抱えたまま続きの間の扉を蹴り開ける。

部屋の中、薄暗がりにぼんやりと浮かぶ寝具の白い色を認めて、私は盛大に困惑した。

この後に起こるであろう展開を、本能が警鐘を鳴らすかのように告げているも、相手はロルフ卿である。婚姻前に手は出せないと、あれだけ誘いを撥《は》ねのけていた人が、この期《ご》に及んで言葉を翻して手を出すことなどしないだろう。もちろん、媚薬を飲んでしまったあの時は別だ。

抵抗すべきなのか、それともこのまま状況を見定めるべきか。判断が追い付かずに、すぐそこにあるロルフ卿の顔を覗き込む。

けれども、丁寧に寝台の上に下ろされ、組み敷くように覆い被さられて、私はますます困惑した。

「あの……ロルフ卿……？　私たち、まだ婚姻前……」

「君の御父上には、許可をもらっている」

「で、でも、誓約もまだなのに、こんなことは——」

「誓約書には公爵が代筆した。だから俺たちはもう、法的に認められた夫婦だ」

「なっ……！」

いったい、いつの間に。

この国の貴族の結婚は家長が決めるものだから、誓約書の署名は本人同士ではなく、親同士の署名、代筆でなされることも多い。誓約書が取り交わされた時点で、正式に婚姻が結ばれたことになる。

ちなみに通常であれば、先に誓約書を取り交わしてから、日を置かずして式を執り行うのが慣例だ。式の後に、花嫁は婚家に入るのである。

「許可をもらった」とは言っていたけれども、まさか誓約書まで交わしていたとは。

いよいよもって、どれだけの無理難題にロルフ卿は応えたのか。

事態の急展開も併せて、本気で眩暈がしてくる。

「式は一月《ひとつき》後を予定している。少し先になってしまって申し訳ないが、準備に最低でも一月は必要だ。了承してもらえるだろうか？」

だがロルフ卿は、私の困惑を意に介した様子もない。式が遅れることを謝られるも、どう考えても問題とすべきはそこではないだろう。

色々と驚きが過ぎて、逆に冷静になってくる。

先ほどまでの口付けの余韻はどこへやら、真顔になった私は、手で軽くロルフ卿の胸を押してから、ゆっくりと横たえた体を起こした。

「ロゼリア？」

「お父様は、私との結婚を許可する代わりに、あなたに何を要求したのですか?」

「……」

「答えてください。でなければ、私はあなたの妻にはなりません」

すでに婚姻の誓約書が交わされている以上、法的にはロルフ卿の妻である。だが、あくまでそれは、書類の上でのことだ。

ここまで流されておいて、自分でも何を言っているのかとも思うけど、ロルフ卿が私のために払った対価を知らずに、のうのうと彼の妻になることはできない。

姿勢を正して、寝台の上でロルフ卿と向き合う。

すると、しばらく逡巡《しゅんじゅん》した後に、ロルフ卿が小さくため息を吐いてから私の質問に答えた。

「君との結婚を許してもらう代わりに、公爵が望む情報を用意した」

「……何の情報ですか?」

「公爵が望んだのは、俺の父——モント公爵についての情報だ」

お父様は、モント公爵を失脚させるための情報を用意させたのだろう。

視線を逸らしたロルフ卿に、内心やはりと思いつつ、罪悪感でいっぱいになる。実の息子に父親を裏切るような真似《まね》をさせるなど、余りにも残酷だ。

しかし同時に、そこまでしてでも私と一緒になりたいと思ってくれたロルフ卿の決意の固さを、喜ぶ自分もいる。自分のことながら身勝手な心の動きには、呆れるよりほかはない。

相反する気持ちで揺れ動きながら、どう反応を返したらよいか、悩む。

手元を見詰めて考え込んでいると、私がお父様の所業について悩んでいると思ったのだろう、ロルフ卿がそっと私の手を取った。

「俺の選択だ。君が気に病む必要はない」

「……そうはいかないわ。だって、私のせいであなたはご自分のお父様を――」

「違う。君のせいじゃない」

私の言葉を遮って、ロルフ卿が強い口調で否定する。

驚いて顔を上げると、眉を寄せ、瞳の色を濃くしたロルフ卿が居た。

「公爵に協力すると決めたのは俺自身だ。それに公爵の言い分は、至極まっとうだ。大事な娘を政敵の息子と結婚させるんだ、この先身内として信用できるのかどうか見定めるためにも、相応の対価を求めるのは当然のことだろう。何より公爵としては、俺が君の相手に相応しいか、覚悟の程を試したかったんだと思う」

ロルフ卿は、お父様が親として私の相手を見定めるつもりで、そんな条件を出したと思っているらしい。〝大事な娘〟の言葉に、針で刺されたような痛みを覚える。

けれども、何故か表情を曇らせ、暗さを増した瞳で見詰められて、私は自分のことも忘れて戸惑ってしまった。

「何度も言うが、俺は君が思っているような高潔な人間なんかじゃない。目的のためには、自分の親ですら売るような薄汚い男だ」

低い、だけどはっきりとした語気に、胸が衝《つ》かれたようになる。

その声には、自嘲も自責もない。事実を、ただ事実として語っている。

「俺は君の隣に立つには相応しくないと、十分承知している。だが、それでも、君を俺から解放してやることはできない。……すまない」

ここで初めて、ロルフ卿の視線が落ちる。

けれども、その手は私の手を握ったままだ。引き留めるように、縛りつけるかのように、握っている。まるで振り払われることを恐れるかのようだ。

相応しくないと言いつつも、放す気がないその手に、私の胸にじわじわと込み上げてくるものがあった。

「……いいえ、相応しくないのは私です。私こそあなたが言うような、清廉な人間ではありませんから」

言いながら、包み込むように握られた手に手を重ねる。

「でも……お互いに思っている姿と違うと、相応しくないと言うのなら、逆に私たち、お似合いなのかもしれません」

躊躇いがちに言えば、ロルフ卿がゆっくりと落としていた視線を上げる。

実際、彼に払わせた犠牲や自分がした仕打ちを考えれば、私が彼の妻に相応しいとはとても思えない。しかし私もまた、握られたこの手を放す気にはなれないのだから、この際お互いに相応しいか相応しくないかは関係ないのだろう。

「……ですから、ロルフ・フォン＝モント卿。私、ロゼリア・ゾネントスの夫となっていただけますか？」

両手でロルフ卿の手を握り、まっすぐに瞳を覗き込む。

目の前の瞳は、今は鮮やかに青い。

見開かれたその目を眩《まぶ》しい思いで見詰めて、私は言葉を続けた。

「もとはと言えば私の嘘が始まりですけれど、最初のきっかけは大して重要ではないんでしょう。それよりもその後に、どうお互いが、お互いに向き合うかの方が、今は大事なような気がします」

都合のよいことを言っている気がしないでもないが、始まりがどうあれ、今彼が恋しいと、好きだと思う気持ちに嘘はない。ロルフ卿もまた、同じように私を思ってくれているというのなら、それこそ願ったり叶《かな》ったりというものだ。

握った手に力を込めれば、さらに力強く両手で握り返される。

返事をと言うよりも早く、引き寄せられ、抱きしめられて、私は安心してロルフ卿の肩に頭を預けた。

「君が好きだ」

「ええ。私も」

「……こんな俺でよければ、君の夫にしてほしい」

一旦体を離したロルフ卿が、そっと私の頬に手を添える。

「よろこんで」という私の言葉は、口付けによって静かに互いの唇の内に溶けた。


触れるだけの口付けが、口ごと呑み込まれるようなものに変わるのはすぐで。

深く、絡められ、擦り合わされて、頭の芯が痺れていく。

息継ぎの間で、は、と顔を離すと、耳朶《じだ》に熱い吐息を感じて、私の体がふるりと震えた。

「あ……」

耳朶を食んだ唇が、ゆっくりと首筋を這《は》う。

ドレスが肩から滑り落とされて、コルセットの結び目を探り当てた手が器用に片手で解いていく。

圧迫していた布の枷《かせ》が外され大きく息を吸い込むのと、まろび出たふくらみにロルフ卿が顔を埋《うず》めるのは同時だった。

「あっ……ん……」

硬く尖《とが》った先端を口に含まれ、舐《な》められ、転がされて、自分の口から甘えた声が漏れる。頭の片隅ではしたないと思いつつも、鼻にかかった声が止まらない。与えられる刺激と、自分の声に興奮しつつ、ロルフ卿の首に絡めるように腕を回して我が身を差し出す。

最後に纏っていた薄い肌着が滑り落ちると、私の周りに、ドレスの布地が花のように広がった。

花弁の中心で、疼《うず》く脚の間から、とろりと蜜があふれるのがわかる。上気した体を押し倒され、脚から下着が抜き去られるも、全てされるがままだ。

申し訳程度に片腕で胸を隠し、破る勢いで自身の服を脱ぎ去るロルフ卿を横目で眺める。

鍛えられた体が露わになっていく様に、私の胸が不道徳なときめきで高鳴るのがわかった。

媚薬を飲んだ時のような強烈な焦燥感はないものの、感覚がはっきりとしている分、今自分がしているされていることを意識させられる。むしろ薬を使わない方が、男女の行為はいやらしいのではないだろうか。

全ての布が取り払われ、前回も見たはずの猛々《たけだけ》しい雄の象徴を目《ま》の当たりにして、我知らず息を呑む。そこに、羞恥や忌避感はない。

さらには膝を割られてのしかかられ、影を作って見下ろされて、今から自分の身に起こるであろうことへの期待感で、体の奥が妖しく蠢《うごめ》くのがわかった。

「綺麗だ」

「……っ」

予想外の言葉に、胸を撃ち抜かれたかのようになる。

一瞬で淫靡《いんび》な気分が塗り替えられ、羞恥に襲われる。

両腕で隠すようにして体を縮こまらせると、それをさせまいと腰骨を摑んだロルフ卿が、私の下腹部に顔を埋めた。

「ん、くすぐった――……なっ、ひぅっ！」

下腹に感じた熱い唇の感触が、下生えに落とされたのち、茂みを掻き分けて隠された畝に膨らむ花芽を露わにする。止める間もなく口に含まれ、やわやわと解《ほぐ》すように舌でしごかれて、私は声にならない悲鳴を上げて身を捩《よじ》った。

「そんっ、な……だめぇっ！」

触れられるだけでも抵抗がある不浄の場所に、あろうことか口付けられ、舐めしゃぶられるなど、誰が考えつこうか。余りのことに止《や》めさせようにも、敏感な場所を嬲られる強烈な刺激で、体は全く言うことを聞かない。口から出る言葉も制止の言葉なのか、ただ快感に喘いでいるのか、自分でもわからない。逃げようとする私の体を押さえつけて、ひたすら花芯をロルフ卿は舐め啜《すす》っている。

さらには指を体内に沈められ、中をなぞられて、堪《たま》らず私は達してしまった。

「はっ、は……」

とぷり、と蜜が吐き出される感触を感じながら、ぐったりと四肢を投げ出す。もはや自分がどんな状況なのかも気にならない。

胸を上下させて呼吸を整えていると、投げ出したその手を搦め捕ってシーツに縫い付けたロルフ卿が、私の上に覆い被さって見下ろしてきた。

「……いいか？」

額には汗が。眉も耐えるかのように、きつく寄せられている。

余裕のないその様子に、胸が何やら温かくこそばゆいもので満たされていく。

ふ、と息を吐いて頷くと、体の中心に、熱くて硬いものが宛がわれた。

「あ」

蕩《とろ》け切ったぬかるみに、先端が難なく呑み込まれる。そのまま熱い塊がずぶずぶと体内を分け入り、押し込められていく。

最奥まで拓《ひら》かれ、圧迫されて、私は目を見開いて息を止めた。

「……すまない。苦しいか？」

聞かれて、辛うじて首を横に振る。

全く苦しくないと言ったら嘘になるけれど、気遣ってくれる優しさが嬉しい。それに。

「あ……ん……」

押し広げられ、圧迫されて、内壁が悦《よろこ》んでうねる。境界を侵され、繋《つな》がっている感覚で、体の奥からぞわぞわとした快感が広がっていくのがわかる。

知らぬうちに腰を揺らすと、それまで動かずにいたロルフ卿が、ぐり、と腰を突き出して奥を抉《えぐ》った。

「あぁんっ！」

途端、頭の奥が白んで嬌声《きょうせい》が上がる。次いで、ずるりと引き抜かれ、押し込められて、繋がった場所がひくひくと痙攣《けいれん》して一連の動きを受け止める。

快感に大きく身を反らせると、差し出された形になった胸のふくらみを頂ごと、ロルフ卿が大きく口に含んだ。

「は……ああっ、ああんっ！」

同時に、何度も何度も楔《くさび》が体に打ち込まれる。

引き抜かれ、打ちつけられる度に、淫猥《いんわい》な水音と肌を打つ音が部屋に響き渡る。失禁したかのように体液が内腿《うちもも》と臀部《でんぶ》を濡《ぬ》らすも、それを気にする余裕もない。

与えられる快楽を享受して、歓声を上げて身を捩る。

徐々に強く、激しくなる打擲《ちょうちゃく》で、私の中で急速に膨らんだ快楽が弾《はじ》け飛ぶのは、あっという間だった。

「あああぁっ……！」

白い光に呑み込まれて、無意識にロルフ卿にしがみつく。

けれども、私を苛《さいな》む動きは止まらない。強すぎる快感にがくがくと痙攣する私の体を押さえつけて、低く唸《うな》りながら犯している。まるで獣が、獲物を喰《く》らい尽くそうとするかのようだ。

最後に一層強く、深く、楔を打ち込んで、腰を押し付けたまま、ロルフ卿がようやくその動きを止めた。

「はあっ、あ、あ……」

どくどくと吐き出される熱を、襞《ひだ》が収縮しながら受け入れる。

体内で跳ね上がるものを搾り取るかのように締め上げて、それから私の体が弛緩《しかん》した。

荒く息を吐いてロルフ卿が、私の体を抱きしめる。しとどに汗を掻いたその体は、熱くて重い。

けれどもその重さが、熱が、嬉しい。

二人で息を切らせて抱きしめ合う。

大事に頭を抱え込むようにして髪を撫でられれば、まるで宝物にでもなったかのような気分だ。

息が整うにつれ、先ほどまでの激しさが嘘のように、今度は充足感と安心感で満たされていくのがわかる。

生え際にキスを落とされ、くすぐったい思いで顔を上げると、耳を挟むように私の頬を手で覆ったロルフ卿が、柔らかな眼差しで見下ろしてきた。

昔はあんなにも怖いと思った瞳が、今は愛《いと》おしくてたまらない。私を見詰める、深くて青い瞳の色に、吸い込まれてしまいそうだ。

同じように片手でロルフ卿の頬を覆えば、小さく笑って顔を近づけてくる。

甘えるように互いの鼻先を擦り合わせて、口付けを交わす刹那。

「ロゼ、君が好きだ」

言い終わるや否や、優しく唇を塞がれる。

さらには囲い込むように抱きしめられて、私は幸福感でいっぱいになった。

「私も……私もロルフ卿のことが……」

「ロウでいい」

遮った後で、私の言葉を待たずに再び唇が塞がれる。今度は、深く、口ごと呑み込まれるような口付けだ。

同時に、繋がった部分をゆすられて、痺れるような快感でまたもや頭に霞《かすみ》がかかっていく。

揺さぶられて、喘ぎと共に教えられた愛称を口にすれば、律動が激しさを増す。

最後にせり上がる快楽の中で、何度も彼の名前を呼んだ私は、弾ける白い光と共に意識を手放した。

腕の中で安らかな寝息を立てる彼女の前髪を、起こさないよう、そっと指で耳に掛ける。

暗がりの中でさえうっすらと光を放つ金の髪は、繊細で、柔らかい。

髪には人の本質が表れると言ったりもするが、あながち流言ばかりではないのかもしれない。

前髪をかき上げて露《あら》わになった額は完璧で、美しい曲線の下には髪と同じ繊細な金の眉がなだらかに弧を描いている。その下にある、輝く星々を湛《たた》えた夜空のような瞳は、今は白いビロードのような瞼《まぶた》で隠されてしまっているが、苦労して思い描こうとせずとも、すぐにありありと思い浮かべることができる。

思えば、初めて会った時からずっと、俺はこの神秘的な紫の瞳に囚《とら》われ続けているのだ。

ロゼリアのことは、子供の頃から父に聞かされて知っていた。

将来、必ずやゾネントス公爵の娘と結婚をしなければならないと、散々父に言い聞かされてきたからだ。

世間では、モント公爵とゾネントス公爵は双方憎み合う仲だと思われているが、実際は違う。若い頃、短くはない期間で、二人は非常に仲の良い友人だったのだ。

対外的には代々続く家の確執もあって、二人はライバルであったと思われがちだが、当時の二人をよく知る人間に聞けば、彼らがライバルであると同時によき理解者であったと、皆が口を揃《そろ》えて言う事実である。

ただとある一件から、二人は疎遠になり、最終的に関係は破綻してしまった。

父はずっと、それを後悔しているのだ。

俺は、ゾネントス公爵家に女児が誕生したその瞬間、物心がつく以前から、何としてもロゼリアの心を射止めて結婚すべしと言われてきた。父にとって俺とロゼリアが結ばれることは、若かりし頃に仲違《なかたが》いをしてそれきりになってしまった親友と、再び縁を繋《つな》ぐための悲願でもあるのだ。

だが、親の願望を押し付けられる子供は堪《たま》らない。しかも家を継ぐ立場ならいざ知らず、俺は次男でいずれ家を出る人間だ。単に年の釣り合いが取れているからという理由で、勝手に結婚相手を決められるのは、我慢がならなかった。

幼くして母親を亡くした俺の母代わりだった姉上が、家の都合で親子ほども年が離れた寡《やもめ》の男と結婚せざるを得なかった姿を見ているから、なおさら俺は父の都合で勝手に将来の相手を決められることに反発を覚えたのだ。

それに、相手は我が家を蛇蝎《だかつ》の如《ごと》く嫌っているゾネントス公爵の娘である。加えてロゼリアは、生まれた時からすでに王太子妃候補となることが決められていた。

誰がどう見ても、俺と彼女が結ばれるのは不可能だとわかり切ったことである。

にもかかわらず、非現実的な自分の願望を実の息子に押し付ける父が、そして父のゾネントス公爵への異様な執着が、俺は大嫌いだった。

となると、父が執着する相手であるゾネントス公爵と彼の娘に対して、俺が否定的な感情を抱くのは必然の流れで。

父が何と言おうとゾネントス公爵家とは微塵《みじん》も関わりを持ちたくない俺は、早々に家を出るべく騎士となった。

しかし意外にも、俺が騎士になることを、父は反対しなかった。

次期後継である兄のスペアとしてだけでなく、貴族の次男が自らの力で生き抜いていくには騎士になるのが手っ取り早いというのもあるが、前王妃の血を引く王太子をモント公爵家の監視下に置くために、俺が王太子の護衛になるのが父としても都合がよかったのだ。

俺としても、主の妃《きさき》候補となれば、何としてもゾネントス公爵の娘と結婚をと言い続ける父相手に断る口実ができる。

ただ王太子の護衛という立場上、これまで避け続けてきたロゼリアと会う機会ができてしまうことだけが問題であったが、顔を合わせたからといって何かがあるわけもない。候補といえどもロゼリアが王太子妃になることはほぼ決定事項であったし、何よりロゼリアの初恋の相手が王太子であることを知らぬ者はいない。そんな状況で王太子の護衛である俺と彼女がどうこうなるなど、あるはずがない。

つまり諸々《もろもろ》の利害が合致した上で、俺は騎士となり、王太子の護衛となったのだった。

だが俺の思惑は、大きく外れることになった。

初めて目が合った、その瞬間、俺は目の前にある紫色の瞳に釘付《くぎづ》けになってしまった。

満天の星々を湛えた空は、夜の闇が星の光で和らいで、深い紫色を呈する。吸い込まれそうなほどに美しい夜空と同じその瞳に、俺は一瞬で魅了されてしまったのだ。

ロゼリアが俺を注視したのは、数秒にも満たない。

だがそのたった数秒で、これまで俺が抗《あらが》ってきた全てが、覆されてしまった。

実の子供をなおざりにしてまで執着を見せる父の姿に反発を覚え、あんなにも毛嫌いしていたはずのゾネントス公爵の娘であるのに、俺をまっすぐに見詰めるあの夜空のような瞳が、脳裏に焼き付いて離れない。忘れようとすればするほど、鮮やかに眼前に蘇《よみがえ》る。

さらには会えば無意識で、凛《りん》として嫋《たお》やかなその姿を追っている自分がいる。

それでも、何としてでも彼女に惹《ひ》かれていることを認めたくない俺は、悪足《わるあ》掻《が》きの如く、彼女の粗を探すことに努めた。

何より、主である王太子の妃候補に護衛が懸想するなど、あってはならない。

会えば常に目で追いつつも、俺は必死で自分の感情を否定し、抗った。

そんな中、幸か不幸かまるで俺の不毛な努力を嘲笑《あざわら》うかのように、王太子がヒルデガルド令嬢と恋に落ちた。

ヒルデガルド令嬢以外は目に入らないといった王太子の気を引くために、柄にもなく派手な衣装に身を包み、あの手この手で誘惑しようとするロゼリアの姿は、傍《はた》で見ていて耐え難いほどに、痛ましかった。

同時に俺は、自分に見向きもしない男の気を引こうと躍起になる彼女に、言いようのない苛立《いらだ》ちを覚えていた。

今にして思えば、彼女の状況に自分を重ね合わせていたのかもしれない。彼女もまた、俺の複雑な煩悶《はんもん》など知りもせず、俺を見ようともしなかったのだから。

そんな俺にとって、あの日、彼女の口から告げられた告白は、これまでの世界が反転するほどの天啓であった。

ロゼリアに慕われているという眩暈《めまい》がするような喜びは、まるで雷に打たれたかのような衝撃を俺に与えた。

そして、そのあまりにも俺に都合が良すぎる告白は、見事に俺の目を塞いだ。

あの堅実な彼女が、俺を振り向かせるために媚薬《びやく》を使うなど、少し考えれば不自然だとすぐにわかったはずだ。そもそも誘惑するつもりであれば、自分が媚薬を摂《と》る必要はない。

自分だけが媚薬を摂って俺にはなにもしないというのは、明らかにおかしい。

だが俺は、自分の願望がそのまま現実になったかのような状況に目がくらみ、簡単に気付けたはずの嘘《うそ》を看過したのだ。

しかし、たとえ嘘と気付いたとしても、結果は変わらなかっただろう。

むしろ嘘を利用して巧妙に彼女を手に入れていただろうことは、間違いない。きっと今以上に彼女を搦《から》め捕《と》り、逃げられないように縛り付けていたことだろう。自分はそういう人間だ。

つまりは、俺も父と同じように、呪わしきモントの人間だということだ。

ロゼリアを知ってしまった今ならば、父の気持ちが痛いほどよくわかる。

ロゼリアは、俺がロゼリアと結婚するためにゾネントス公爵と密約を交わしたことを憂いていたが、彼女が申し訳なく思う必要など、全くない。

何故《なぜ》なら、俺も、俺の父も、ゾネントス公爵に恨まれて然《しか》るべき人間だからだ。

特に過去に父がしたことは、決して許されることではない。

そして、これから俺がすることも。


触れるだけの口付けを瞼に落とせば、幼子がむずかるように眉が寄せられる。

再び安らかな寝息が聞こえてくるまで、彼女の顔を満ち足りた思いで見詰めながら、俺はこれからすべきことを静かに反芻《はんすう》していた。

Ⅷ　Rose & Lie

軽やかな鳥の鳴き声で目を覚ませば、色鮮やかな小鳥の絵が目に入る。天蓋の天井に施された装飾であるが、まるで絵の中の小鳥が囀《さえず》っているかのようだ。

ここに来てからもう一週間ほどになるけれど、そこここに様々な意匠が凝らされているため、毎日何かしら新鮮な発見があって楽しい。さりげない贅《ぜい》の凝らし方は、さすがはモント公爵家の別邸といったところか。

ゆったりと体を起こしたところで、ベルを鳴らすよりも早く、私付きのメイドであるシンシアが天蓋の布を巻き上げる。

後ろに控える使用人は、どれも見知った顔だ。慣れた手つきで手際よく私の身繕いをしていく。部屋の設《しつら》えこそ違うものの、慣れ親しんだ道具と人に囲まれて、まるで普段通り自室にいるかのような錯覚に陥る。

しかしここは、ゾネントス公爵家ではない。

結婚式までの間、私が気を遣わずに過ごせるようにと、ロルフ卿《きょう》が準備してくれた屋敷なのだ。

ここに連れてこられたその日、シンシアをはじめとする私の世話係全員に出迎えられた時には、嬉《うれ》しいよりも驚きが勝った。

しかも部屋には、ゾネントス公爵家《い　え》にあったはずの私の荷物まであるではないか。

てっきりお父様が、私を領地の奥へ送り出すために部屋の荷物を纏《まと》めさせていたのだとばかり思っていたのに、全ての荷物はここに運び込まれていたらしい。聞けば、ひと月以上も前から準備を進めていたのだとか。

つまり、私がロルフ卿に別れを告げてすぐに、ロルフ卿は私との結婚を、お父様に了承させたということになる。

さらには私たちが結婚後に住むための邸宅がもうすぐ完成すると聞いて、私は驚きを通り越して呆《あき》れてしまった。

ロルフ卿は、いったいいつから、結婚の準備を始めていたというのか。

どう見積もっても、私たちが関係を持った直後から準備を始めていなければ、間に合わない。

確かに「責任を取る」とは言っていたけれども、まさかここまでとは。

でも、戸惑いはしても、嬉しい。思いの深さの表れでもある。

何より別邸《ここ》では、私が何ら気兼ねすることなく、不自由のない日々を送れるよう、入念な配慮がなされているのがわかる。

そこまで大事にされて、嬉しくないわけがない。

加えて意外なことに、ロルフ卿の父親であるモント公爵は、私たちの結婚をとても喜んでいるらしい。

モント公爵は、かつて親友であったお父様との関係が絶えてしまった現状を深く嘆いており、どうにかして再び交流を持ちたいと考えていたのだという。そのため、できることならお互いの子供である私たちが結ばれてくれたらと、長年願っていたそうなのだ。

まさかモント公爵がそんな気持ちでいてくれたなどと知る由もなかった私は、その話を聞いて、非常に驚いてしまった。

モント公爵にはまだ直接会ってはいないけれど、両家の顔合わせを式の後にしようと言ってくださったのも、きっと公爵なりのお父様への配慮だろう。あくまで私たちの結婚は本人同士の気持ちによるもので、家門は関与していないという体面を保つためだ。

実際、結婚後に追加される私の姓は、ロルフ卿が賜ったラルヴァ伯爵姓であって、モントの姓は名乗らない。つまり体面上私たちは、モントにもゾネントスにも与さない、両家の枠外にある家門ということになる。

どちらによることもない家門であるからこそ、私たちが両家の架け橋となり得るのであり、モント公爵もそれを望んでいるのだ。

身支度を整え、用意された朝食の席に着く。

ここで出されるものは全て、私好みの味付けで、私の好物ばかりだ。きっとシンシアが料理人に私の好みを伝えたのだろう。

けれども、一人の食事はやはり寂しい。家にいた時も基本一人だったけど、まだ慣れない場所でとなれば、話が違う。

早々に食事を終えた私は、結婚式に向けてやるべきことを確認しながら、ロルフ卿の訪《おとな》いを待つことにした。

実を言うと、ここに連れてこられたその日以来、ロルフ卿の顔を見ていない。

手紙は毎日届いているけれど、肝心の本人に会えていないのだ。

護衛騎士という仕事の性質上、王太子殿下の側《そば》から離れられないのはもちろん、結婚式が間近に控えているため、やるべきことが多いのだろう。

とはいえ、かれこれもう三日が経《た》つ。いくら不自由はないといえ、つい先日まで敵だった家門の屋敷に一人きりというのは、さすがに心許《こころもと》ない。書類の上ではもうロルフ卿の妻なのだから、私もモントの一族ではあるけれど、まだ日が浅い上に、ロルフ卿以外のモントの人間には会っていないとなれば、落ち着かなくて当然である。

でもきっと、今日あたりには来るはずだ。特別な行事があるわけでもなければ、いくら筆頭護衛といえど、三日も王宮に詰めきりということはないはずである。

そう、仮住まいではあっても、今はここがロルフ卿の家なのだから。

しかしながら、ようやくロルフ卿がこの屋敷に来たのは、次の日の、しかも日付が替わろうかという時分であった。

「……すまない。遅くなってしまった」

「お忙しいのでしょう。仕方がないわ」

さり気なさを装うも、どうしても声に険が混じってしまう。見知らぬ場所に連れてこられて四日も放って置かれたのだから、これくらいは許してもらわねば。

取り繕うことを諦めた私は、ため息を吐《つ》いてメイドを呼ぶ呼び鈴に手を伸ばした。とりあえずお茶でも用意させようと思ったのだ。

しかし、伸ばしかけた手を摑《つか》まれ、引き寄せられて、次の瞬間には、私はロルフ卿の腕の中にいた。

「本当にすまない。……ずっと、君に会いたくてたまらなかった」

切実さのこもった声で囁《ささや》かれ、抱きしめられる。

よく見れば、いつも綺麗《きれい》に整えられている髪は風に乱され、着ている服も心なしかくたびれた感がある。腕が緩められた隙に体を離して顔を上げれば、わずかに頬がこけて顎周りがさらに鋭さを増したその顔は、疲労の色が濃い。

この様子では、彼の言うとおり、会いに来たくても来られなかったのだろう。もしかしなくとも、今日までずっと王宮にこもりきりだったに違いない。

途端私は、申し訳なくなってしまった。

「私は大丈夫です。シンシアも皆も居るし、何不自由なく過ごさせてもらっています」

ロルフ卿を安心させたくて、にこりと微笑《ほほえ》む。

けれども、依然ロルフ卿は浮かない顔だ。何とも言えない顔で、じっと見つめてくる。

私が無理をしていると疑っているのかもしれないと、思い当たったその時。

私が口を開くよりも早く、ロルフ卿が気まずそうに視線を逸《そ》らした。

「……すまない。君も俺に会えなくて、寂しく思ってくれているのかと……」

どうやら、大丈夫と言った私の言葉を、別の意味で受け取ったらしい。

困ったような、申し訳なさそうなその顔を見ている内に、私の中でふつふつと、喜びに似たくすぐったい感情が湧き上がってきた。

「ふふふふふ。さっきから『すまない』ばっかり」

「……すまない」

「ほら、また！」

「……っ」

くすくすと笑えば、ロルフ卿の顔がますます困ったものになる。プライベートということもあってか、動揺する姿はいつもより幼く見える。

彼のそんな顔を見るのは初めてで、気を許してくれているからこそと思えば、なおさら愛《いと》しさが込み上げてくる。

思いのままに抱き付くと、すかさず抱きしめ返されて、私は夢見心地になった。

しかし。

「もう、行かなくては」

「……え？」

驚いて顔を上げれば、苦しそうに眉を寄せたロルフ卿の顔が。

しかも、式までは別々に過ごそうと言われて、先ほどまでの胸の温かさが嘘《うそ》のように、私は寒々とした気分に襲われた。

式はまだといえ、結婚してすぐに別居とは。事情があるのだろうとわかってはいても、気持ちが追い付かない。

「そう……ですか……」

「すまない」

さらには、突き放すかのように体を離されて、顔を逸らされて、ただでさえ寂しく冷えびえとした気持ちが、完全に地に落ちたのがわかった。

「……わかりました。会えなくて寂しいと思っていたのは、私だけだったんですね」

「なっ、違――」

「いいえ、もう結構です。お飾りの妻がいいというのであれば、最初から言ってくだされればよかったのです。私に気を遣って無理に取り繕う必要は――」

「ロゼリア！　違うんだっ!!」

悲しくて、心にもない言葉を吐く私を遮って、ロルフ卿が大声を出す。

同時に、離した体を引き寄せられ、再び抱きしめられて、私は泣きそうな顔をロルフ卿の胸に押し当てた。

感情の揺れ幅が大きすぎて、自分でも訳がわからない。恋とは、かくも不安定にさせられるものなのか。何もかもが初めてで、自分が自分でなくなっていくかのようだ。

「ロゼリア、違うんだ！　俺だって君と片時も離れたくないし、君を離したくはない！　叶《かな》うことなら今すぐにでも君と一つになって、俺の腕の中に閉じ込めてしまいたい！」

「ならば何も問題は――」

「だが、俺たちが結婚していることは、世間にはまだ知られていない。式はおろか告知もしていないこの状態で、君が一人で住んでいるこの家に俺が頻繁に訪れているとなれば、君に不名誉な噂《うわさ》が立ってしまう」

「……」

「俺は何を言われてもいい。だが、君を侮辱されるのだけは、絶対に我慢がならない。何より俺たちの結婚に、疑いの目を向けられることは避けたい。だから……」

苦しそうに言われて、思わず押し黙る。まったくもって彼の言うとおりだからだ。

ただでさえ私たちは、対立家門の色恋沙汰ということで世間から注目を浴びている。その上通常とは違う手順での結婚となれば、不名誉極まりない噂が立つだろうことは、まず避けられない。

不適切な関係の末、責任を取らざるを得なくなったからこそ、こんなにも結婚を急いだのだと、まことしやかに囁かれることだろう。

「それに。一緒にいたら、君を求めずにはいられない。君の負担には、なりたくないんだ……」

絞り出すように言って、きつく抱きしめてくる。その様子は、私と同じか、もしくは私以上に辛《つら》そうだ。

そんなロルフ卿の姿に、拗《す》ねてささくれ立っていた私の心も、徐々に落ち着きを取り戻してきた。

「……わかりました。……寂しいけれど、仕方がないですね」

「……すまない」

「ふふ。また、すまないって」

「……俺のせいで君に不便をかけることが、申し訳ないんだ……」

一旦体を離して見上げれば、くっきりとしわが刻まれた眉間の下で、青い瞳が水底を映したかのように暗く揺蕩《たゆた》っている。

聞かずとも会えない苦しみを語るロルフ卿の顔に、寂しさが諦めに変わる気持ちを味わいながら、私はそっとその頬に手を添えて口付けた。

「……私が会いたいって言ったら、会ってくれますか?」

「もちろんだ」

「では、せめて今日くらいは一緒にいてください」

言い終わって首に腕を回せば、苦しそうなロルフ卿の顔が困惑したものに変わる。わかったと言っておきながら引き留めるなんて、言動が矛盾していることは百も承知だ。

でも、心が通じ合ったと思ったそばから引き離されて、加えて結婚式まで会えないとなれば、さすがに不安にもなる。

何より今は、理屈や体面などどうでもいいと思えるくらい、私がロルフ卿と離れがたかった。

「私を思っていると言うのなら、安心させてください……」

首筋に腕を絡めるように抱き付けば、頭上からくぐもった呻《うめ》き声《ごえ》が上がる。

同時に、膝をすくうようにして横抱きに抱き上げたロルフ卿が、私を抱えて部屋の奥へと向かう。

ベッドの前で立ち止まり、そこに下ろすや否や、すぐさまロルフ卿が私を組み敷くように上に乗り上げてきた。

「……君は、迂闊《うかつ》すぎる」

私を見下ろす瞳は、先ほどと同じく、暗い。

けれども今は、暗い水底に先ほどにはなかった青い陽炎《かげろう》のような揺らめきが見て取れる。もしくは、私が気付かなかっただけかもしれない。

明らかに情欲とわかる揺らめく双眸《そうぼう》で見詰められ、私は、脚の付け根にじわりと湿り気が広がるのがわかった。

「ん」

徐々に陰が差す顔が近づけられて、唇が塞がれる。暴くように侵入した舌を抵抗もなく受け入れれば、鼻先からこもった吐息が漏れる。触れ合わされ、絡めて吸われて、ぞわぞわとした痺《しび》れにも似た快感が体と頭の奥に広がっていく。

ガウンの合わせ目から入れられた手が、薄い部屋着をはだけさせるのはすぐで。

結局は、私も最初から期待していたのだ。

まさぐられ、揉《も》みしだかれるも、全てされるがままだ。体を舐《な》められながら、ぬかるむ体の中心に指を沈められて、私は喘《あえ》ぎながら快感に打ち震えた。

「……すまない……」

蕩《とろ》けてぼんやりとした頭で、またもや謝っているなんて思ったのも数秒。

ぬかるみを掻《か》き回していた指が引き抜かれ、指とは比べ物にならない質量の、熱くて硬い昂《たか》ぶりの先端が宛がわれた。

「あ、あ、あ……」

焦《じ》らすようにゆっくりと、襞《ひだ》を掻き分け体内に侵入する感覚に、意味をなさない声が喉から漏れる。最奥まで拓《ひら》かれ、内臓を押し上げるようにして腰を押し付けられて、信じられないような快感に襲われる。

収縮する襞が体内の昂ぶりを包み込み、締め上げると、それまで動かずにいたロルフ卿が、呻き声を上げながらさらに腰を押し付けてきた。

「ああっ……！」

引き抜かれ、また突き入れられて、嬌声《きょうせい》を上げて体をよじらせる。欲望が楔《くさび》となって何度も打ち込まれるのを、自ら差し出すように脚を広げて受け入れる。

広い背中に腕を回せば、動きに合わせて筋肉が隆起するそこは、汗で濡《ぬ》れて、熱い。自身も水をかぶったように汗を掻き、互いの体液で塗《まみ》れれば、次第に境界が曖昧になっていく。

快楽と熱とで、溶けていくようだ。

さらには噛《か》みつくように口付けられ、窒息しそうなほど深く口内を嬲《なぶ》られて、与えられる強すぎる快感で、私の体がビクビクと痙攣《けいれん》した。

「――――っ」

弾《はじ》け飛ぶ刹那、眼前《まなうら》に白い火花が散る。収縮と痙攣を繰り返しながら、大きくしなる私の体を閉じ込めるように抱き込んで、ロルフ卿が獣のように呻きながら体内に精を吐き出した。

「あ……はっ……」

喘ぎながら息を吸い込んで、溺れる者が縋《すが》るようにロルフ卿にしがみつく。跳ね上がるようにして吐き出される熱を搾り取るように締め上げてから、私の体が唐突に弛緩《しかん》した。

「……あ……まだ……――ああっ！」

けれども、呼吸を整えている間に、律動が再開される。揺さぶられて、目尻にたまった涙が流れる。

再び白み始めた視界の中、欲望で底光りする青い瞳を捉えたきり、全ての思考は再び享楽の海に沈められた。

そして夢現《ゆめうつつ》の中、夜の空が明けの色に染まるまで、名残を惜しむかのようにロルフ卿は私を抱いて帰っていった。

しかしながら、全てが非常に順調ではあるものの、私には気がかりなことがあった。

「お嬢さ……奥様。こちらが今日の分のお手紙でございます」

「そう。では今確認するわ」

「奥様」の呼び名に、こそばゆい思いになる。

書類の上ではすでに結婚しているのだから、奥様で間違いないのだが、やはりまだ実感がない。結婚式が終わるまではロルフ卿とは寝室が別だから、なおさらまだ夫婦の実感が湧かないのだろう。

ちなみにロルフ卿は、宣言通り、あれからこの屋敷には来ていない。世間体を慮《おもんぱか》って、結婚式までは基本的にモント公爵家の本邸で過ごすのだ。

もちろん寂しいけれども、今はお互い結婚式に向けて忙しいのだから仕方がない。

トレーの上に置かれた手紙の束を手に取って、差出人を確認する。

全て結婚式の招待客からの手紙だ。お父様が私たちの結婚に反対しているという体《てい》を取っているため、式は簡素に行う予定であるが、さすがに誰も呼ばないというわけにはいかない。

全員の名前を確認した私は、小さく視線を落として封筒をトレーに戻した。

「……今日もお父様からのものはないわね……」

「はい……」

もちろんお父様にも招待状は送られている。しかし招待状の返事はおろか、音沙汰さえない。

表向きはどうあれ、実際には結婚の許可を出しているのだから連絡くらいあってもいいはずだけど、きっとお父様的には、用無しになった娘を厄介払いしたくらいにしか思っていないのだろう。

利用価値がなくなった者には目もくれないところは、お父様らしいといえばお父様らしい。

「仕方がないわね。では介添えは、やはりお兄様に頼むことにしましょう」

わかっていたこととはいえ、気持ちが暗くなるのがわかる。

お父様のことは割り切ったといっても、傷つかないわけではないのだ。それに。

「ゾネントス公爵《うち》家に動きは？」

「今のところ何も。報告によると旦那様は書斎に籠もられて、外出はされていないそうです。来客も今のところないとのことです」

「そう……」

私と引き換えにモント公爵の情報を得たお父様が、何もせずにいるとは考えにくい。

ロルフ卿は私が責任を感じる必要はないと言っていたけれど、知っていて知らぬ振りをすることはできない。私たちが結婚したくらいで両家の確執が緩和されるとは思っていないけれど、せめて今以上に、関係が悪化することは防ぎたい。何よりここで動くことは、お父様にとって悪手だ。

そのため、こちらに来てからずっとお父様の動向を探らせているのだが、一向にお父様が動く気配はない。静かすぎて、不気味なのだ。

お父様のことだから、結婚式の前には事を起こすはずである。あのお父様が、娘をくれてやってそれで終わりのわけがない。最大限使えるものは使おうとすることを考えれば、結婚式を目前に控えた今こそが、ロルフ卿を使役するに最も効果的だからだ。

逆に言えば、結婚式を過ぎてしまえばロルフ卿を操りにくくなるとも言える。

とはいえ、私にできることは限られている。私がお父様の企《たくら》みを阻止できるとも思えないが、それでも何もしないよりはいい。

引き続きお父様の近辺を探るよう指示を出した私は、不安な気持ちを抑えて目の前のやるべきことに集中することにした。


そこからの一週間は何事もなく過ぎ、変わらず私は、結婚式の準備に追われていた。

ロルフ卿がほとんど準備をしてくれていたとはいえ、花嫁がやるべきことは多い。

そしてさらに一週間が過ぎようかという頃。

いつものように結婚式の準備を進めていた私のもとに、信じられないような報《しら》せが届いた。

「なっ……!?　お父様が爵位をお兄様にお譲りに!?　そんな、まさかっ……!」

慌てた様子のシンシアが差し出した新聞の見出しには、大きくゾネントス公爵家の爵位継承について書かれている。

まさしく青天《せいてん》の霹靂《へきれき》というべき報せに、私の口から素っ頓狂な声が上がった。

「あっ、あり得ないわっ！　ご病気でもない限り、あのお父様が爵位を降りられるなんて、絶対にあり得ないわっ……！」

お父様の性格を考えれば、自分が元気なうちに家督をお兄様に譲るなど、絶対にしないだろう。同じ屋敷で生活しているとは思えないほど、二人の交流はほぼ断絶されているということもあるが、何事も自らが掌握していなければ気がすまないお父様が、ただで当主の座を退くとは考えにくいからだ。

「も、もしかして……ここ最近外にお出にならなかったのは、体調を崩されていたから……なの……？　シンシア、何か聞いていていて!?」

「いいえ奥様。そのような報告はございません」

お父様の動向は逐一報告させていたはずだが、もしやということもある。

動揺して問いただせば、シンシアがすかさず首を振る。

「もしご病気であれば、すぐにわかることです。係の者からは、書斎にお籠もりではあるものの、それ以外は普段と変わりないと聞いております」

「そう……そうよね……」

ひとまずホッと胸を撫《な》でおろすも、謎は深まるばかりだ。

病気ではないとなるとむしろ、爵位を降りざるを得ないほどの大きな不都合が生じたということになる。お父様がロルフ卿から得た情報で何かしようとしていたことを考えれば、十分にあり得ることだ。しかも相手はモント公爵となれば、何かしら水面下で争いがあったとみていいだろう。

動転する気持ちを抑えて、急遽《きゅうきょ》本日の予定を変更して外出の指示を出す。

すでに家を出た身といえども、我が家に大事ありとなれば、何もせずにはいられない。お父様が会ってくれるかはわからないが、少なくともお兄様は、私を無下に追い返すようなことはしないだろう。

しかし、急ぎ外出の準備をしている最中に、執事頭が意外な来客の報せを持ってきた。

「お兄様っ！」

「やあロゼ、久し振りだね。元気にしてたかい？」

外出着を着替えもせず応接の間に向かえば、私を認めたお兄様がにこやかな笑みを浮かべる。いつもと変わらない、お兄様らしい穏やかな笑みだ。一瞬現状を忘れて心が和む。

けれども、すぐに我に返った私は、人払いをしてから慎重に話を切り出した。

「ちょうど今、そちらに伺うところでした」

「うん。行き違いにならなくてよかったよ」

顔色を窺《うかが》うも、お兄様は依然笑顔だ。憂いの欠片《かけら》もなく、優雅な所作でソーサーからカップを持ち上げて口に付ける。その様子からは、とても何かあったようには見えない。

だからこそ私は、緊張して次の言葉を待った。

「きっと心配していると思ってね。今朝の新聞は読んだだろう?」

「ええ、はい。お父様がお兄様に爵位を譲られるとか……」

「そうなんだ。少し急ではあるけれど、君の結婚を機に、世代交代を……ね」

カップをソーサーに戻したお兄様が、にこりと微笑みを浮かべる。

音もなく飲み終わったティーカップをテーブルに戻して、お兄様が組んだ脚の上に手を置いてから、私に向き直った。

「とりあえず、父上はお元気だ。あと今回の件は、さっきも言ったように、単なる世代交代だ。政治的に不都合が生じた結果ではない」

「そうですか……」

「うん。とはいっても、父上が望まれた結果ではないのだけどね。まあ、元気に怒ってらっしゃるよ」

「……」

「だから我が家のことは心配しなくていい。今日はそれを伝えに来たんだ」

何があったかはさておいて、ひとまずはお父様と我が家の無事を知って胸を撫でおろす。

お兄様が自由に外出していることからしても、言われた通り、我が家が危機的な状況にあるというわけではなさそうだ。お父様の意に反してということは、つまり今回の爵位継承は、お兄様が画策したことなのだろう。

あのお父様のことだ、お兄様に嵌《は》められたとなれば、さぞかし怒り狂っているに違いない。

「それともう一つ。近々モント公爵家も、代替わりされる予定だ」

「えっ……!?」

「君たちの結婚でゾネントスとモントの血統が結ばれ、家長も交代する。互いにいがみ合う時代は終わったということだよ」

何でもない事のようにさらりと告げられるも、とんでもないことだ。

私とロルフ卿が結婚したくらいで、長年に亘《わた》る両家の確執が簡単に解消されるはずもないが、大公家に次いで力を持つ我が家とモント公爵家が同時に代替わりするとなれば、政治のパワーバランスはガラリと変わる。いったい何があったというのか。

そもそもお兄様は、何をしたのか。

だが私の困惑をよそに、お兄様が楽しそうに話を変えた。

「ところでロゼ。今回の件に、ロルフ卿が深く関わっていると知ったら、君はどうするかい？」

「え……」

「君は、ロルフ卿のことを、どれだけ知っているのかな？」

「お、お兄様……？」

口元は笑みを湛《たた》えているものの、私を見詰める眼《め》は射貫《いぬ》くほど鋭い。

「とはいえ、君の結婚を利用した僕が言えた義理ではないんだけどね。ただ、当事者である君が何も知らないままというのは、フェアではないと思うんだ」

「……」

「それに。ロゼだってこの結婚が、単純な恋物語の結末であるとは、思っていないだろう？」

核心を突かれて、押し黙る。

何故《なぜ》なら、今回まず最初に懸念したのが、ロルフ卿の関与だからだ。

だいたいタイミングからして、私たちの結婚と両家の爵位継承が無関係であるはずがない。お父様の動向について身構えていた矢先のこの出来事だ、ロルフ卿が先手を打ったと考える方が自然だろう。

私と結婚するにあたってお父様と交わした遣り取《やと》りについて、ロルフ卿が私に嘘を吐いているとは思わない。だけど、全てを話してもらっているとも思ってはいない。

如何《いかん》せんロルフ卿から聞かされている交渉の内容だけでは、私たちの婚姻を成立させるための代償にしては軽すぎるからだ。

さすがに私だって、仇敵《きゅうてき》の家門同士の婚姻が、綺麗ごとだけで成立するほど甘くないことはわかっている。

ただ、ロルフ卿と結婚したのなら、彼を信頼して話してくれるまで待とうと思ったのだ。

「もちろん君たちの情熱を疑ってはいない。こんな面倒な結婚をするからには、愛情があることが大前提だからね。だが、君たちがゾネントスとモントである以上、人々の思惑と無関係ではいられないのは、君もよく知っているはずだ」

「…………つまり？」

「今回の件で、ロルフ卿がしたことを知っても、君は彼を好きなままでいられるか……ということさ」

「……」

視線が下に落ちる。

お兄様は、何を言いたいのか。

短くはない静けさの後、私の口から出てきたのは、自分でも思いのほか硬い声だった。

「今更です」

「……」

「それに。心配なさるべきは、ロルフ卿ではなく、お兄様ご自身なのでは？」

落ちていた視線を上げて、正面にある紫色の瞳を見据える。

お父様と、そして私と同じ瞳だ。

淡い藤色が微《かす》かに色を濃くした様を無表情に見詰めて、私は言葉を続けた。

「ロルフ卿と……そしてモント公爵と、お兄様がどのような取引をなさったのかはわかりかねますが、すでに婚姻の証書が受理され、式も間近に迫ったこの状況で、今更取りやめることなどできようはずもありません。そもそもこの状況は、お兄様が望まれた結果ではありませんか。なのに、わざわざ私の不信感を煽《あお》るようなことを……お兄様は何をなさりたいのです」

ここまでの会話で、ロルフ卿がお兄様と通じていたことはわかった。

お父様と反目し合っているお兄様の爵位継承の手助けをすることで、お父様の思惑を牽制《けんせい》する目的だったのだろう。彼らの間で具体的にどのような取引があったかまではわからないが、モント公爵家も世代交代することからして、ロルフ卿は我が家にモント家の情報を流したのと同じく、父親のモント公爵と兄である次期モント公爵にも、我が家の情報を提供していたのだろう。

ありていに言えば、ロルフ卿はお父様と自分の父親、両者を策に嵌めて裏切ったのである。

「でも……今日ここにおいでになったということは、単にロルフ卿と私の関係を試すためだけにいらしたわけではないのでしょう?」

小首を傾《かし》げて、揶揄《やゆ》するように微笑んでみせる。私とて、言葉を額面通りにしか読めないほど子供ではない。

するとお兄様が、片眉を上げた後で楽しそうに笑い声を上げた。

「ははは！　もう君も、僕が知るちっちゃなロゼリアではないんだね！」

笑うお兄様に小さく肩をすくめてから、テーブルの上に置かれたティーカップに手を伸ばす。

すっかり冷めきってしまったお茶を口に含めば、燻《いぶ》した草と蘭《らん》の花のような香りが鼻腔《びこう》を抜ける。舌に残る、ピリリとした刺激に眉をひそめると、ひとしきり笑った後でようやく笑いを収めたお兄様が、組んだ手を膝の上に置いて、含みのある笑顔でこちらを見てきた。

「お父様ご自慢の、舶来のお茶さ。飲んだことがあるだろう？」

「ですがこれは……」

この味は、忘れもしない。

私とロルフ卿が、過ちを犯すきっかけとなったお茶だ。

波紋の広がる赤い水面とお兄様の顔を困惑して見比べると、お兄様がにこりと、邪気のない笑みを浮かべた。

「安心していい。ただのお茶だ」

「……」

「さて。どこから話そうか」

正面の顔は、至極楽しそうだ。

新たなゾネントス公爵は、ある意味お父様よりも質《たち》が悪いかもしれない。

どう料理しても食べられそうもないその顔に向き合った私は、無言で姿勢を正した。

§ —— Rose & Lie

話があるというロゼリアからの手紙を受け取った俺は、複雑な思いで、彼女が待つ別邸へと向かった。

仮住まいといえども、すでに結婚している以上俺の家でもあるはずだが、家と呼ぶにはまだ数えるほどしか来たことはない。そのせいかこの別邸は、自分の家というよりもロゼリアの家という印象が強い。使用人たちも、主人を迎えるというよりは、まるで客人を迎えるかのような態度に感じるのは、俺の気のせいではないだろう。

二週間もの間、結婚したばかりの新妻を放っておいた不義理な夫を責めているのかもしれない。

だがこの二週間、何度この家の前に一人佇《たたず》んだことか。

そのたび彼女の父親との約束を反芻《はんすう》して、すぐにでも彼女のもとへ行って抱きしめたい自分を押さえつけてきたのだ。

実際、ゾネントス公爵の要求は真っ当だ。婚姻の証書は届けられているとはいえ、世間ではまだ、俺たちが結婚したとは知られていない。もちろん式を挙げることは告知されているが、通常であれば証書の届けは式と同日か、早くても一日二日前になされることが多い。

仮にも公爵家の結婚が、こんなイレギュラーな形で行われると知られるのは恥であると、婚姻の届けが先に出されていることは、告知しないことにしたのである。

ゾネントス公爵が結婚に反対している体《てい》を取っているからといっても、あまりに性急な婚姻は要らぬ憶測を呼ぶ。大事な一人娘の結婚が、世間に恥じるものであってはならないとするのは、親として当然の要求である。

しかしそれ以上に、公爵は俺の体に流れるモントの血の性質をよくわかっているのだろう。

せめて式までの間は、娘を守りたいのだ。

愛娘《まなむすめ》を、箍《たが》の外れた獣の檻《おり》に入れたいと願う親はいない。

なのに今、ようやくロゼリアに会えるというのに、会いたいという思いと同じかそれ以上に、会うのが怖いという相反する感情が足を重くさせる。たとえるならば、断罪を待つ罪人の気分だ。

ロゼリアは間違いなく、ゾネントス公爵家の爵位継承について、俺が関与していることを聞いてくるだろう。

いつかは話さなくてはならないのは、もちろんわかっていた。

だが、敬愛する父親を俺が欺いたという事実を知った彼女の反応が怖くて、今日まで話せずにいたのだ。

それにきっと、すでにロゼリアは、俺がゾネントス公爵だけでなく、実の父さえも裏切り、窮地に追いやったことを知っている。潔癖な性分の彼女が、自分の欲のためならば身内でさえ裏切ることを厭《いと》わない俺を、果たしてどこまで許してくれるのか。

さすがにここまできて結婚を取りやめるようなことはしないと思いたいが、それも自信がない。けれども、何度時を巻き戻したとしても、俺は必ず同じことをしただろう。

何故《なぜ》なら、ロゼリアを得るには、この手段しかなかったのだから。


部屋の前で数秒躊躇《ためら》ったのち、控えめに扉を叩《たた》けば、鈴を転がしたかのような声が俺を中へと招き入れる。

こんな時だというのに、久々に会うロゼリアのくつろいだ姿に胸が高鳴るも、彼女の正面のソファーに座るよう促されて、すぐに気持ちが重く塞がる。

部屋に広がる気まずい沈黙を、最初に破ったのはロゼリアだった。

「お兄様から話は聞かせてもらいました。今回の爵位継承の件、ロルフ卿《きょう》が強請《ゆす》りの情報《ネタ》をお兄様にお渡ししたのですね。……そして同様に、モント公子にも」

「……そうだ」

「先に、申し開きをすることはありませんか？」

声音は柔らかいものの、俺を見据える瞳は、全てを見透かすかのように鋭い。嘘《うそ》を許さない紫の瞳は、いかにもロゼリアらしい。

同時に、ゾネントス公爵、公子を彷彿《ほうふつ》とさせる。

三者三様に性格は異なれど、根底にあるものは同じだ。薄暗く、汚いモントの性質を色濃く受け継いだ身には、ゾネントス特有の視線は厳しくとも、眩《まぶ》しい。

憧憬の念から瞳を細めた俺は、静かに目を閉じて首を振った。

「いいや、ない」

「そうですか」

もとより言い訳をする気はない。

「では、私の質問に答えてください」

「ああ」

「結婚の条件でお父様に渡した情報とは、モント公爵が前《さき》の王妃を殺害した証拠、ですね？」

「そうだ」

聞かれて頷《うなず》けば、ロゼリアが小さく瞼《まぶた》を伏せる。

想定していたこととはいえ、公明正大な人物として通っている父の素顔が、世間の認識とかけ離れていることに、失望したのだろう。ロゼリアは、俺や俺の父が高潔であると、信じていたからなおさらだ。

もしくはこんな薄汚い一族の一員となってしまったことを、後悔しているのかもしれない。

申し訳のなさに、自然と視線が下に落ちる。

けれども、続けられた次の質問で、俺は弾《はじ》かれたように顔を上げた。

「……同時に、私のお母様を殺した証拠、ですね？」

「……っ」

ゆっくり、しかしはっきりと、確信を持って聞かれる。

まっすぐ射貫《いぬ》くような視線を向けられて、思わず俺は息を呑《の》んだ。

まさかゾネントス公子が、ロゼリアに話すとは。

妹思いの公子が、ゾネントス公爵がロゼリアに隠した事実を告げるとは、思いもしなかったのだ。

「お母様は私が生まれて間もなく病死されたと聞かされていましたが、実際は病死ではなく、毒を飲まされて殺されたのですね」

「……」

「そしてこの事実を、私には知られないようにと、お父様から口止めされた——違いますか？」

澄み切った眼差《まなざ》しに耐えられなくて、気まずさにまたもや視線が下に落ちる。

俺は、公爵に俺の父がロゼリアの母親を殺したという事実を伏せるようにと言われて、罪悪感を覚えつつも、心底安堵《あんど》していた。よりにもよって自分の母親を殺した敵の息子と、しかも様々な謀《たばか》りが交錯した末の結婚であると知ったロゼリアに、見限られることが怖かったのだ。

つまり俺は、彼女をだまして結婚したに等しい。

この期《ご》に及んで真実を隠蔽しようと逡巡《しゅんじゅん》する俺に、しかしロゼリアが容赦なく追及を続けた。

「答えてください、ロルフ卿」

「……」

「お父様との約束を気にされているのなら、私がすでに事実を知ってしまっている時点で、その約束は無効です。私は真実を知りたいのです」

観念して顔を上げれば、先ほどから微動だにしない紫の視線が、まっすぐに俺を射貫く。

多分、いや間違いなく、今返答を誤れば、俺たちの関係は終わるだろう。

小さく息を吐いた俺は、ロゼリアの視線を、正面から受け止めて頷いた。

「そうだ。俺の父、モント公爵が、かつての王妃とゾネントス公爵の妻……君の母親を殺した。ゾネントス公爵に渡したのは、父が使用した毒の入手経路を含む、二人を殺害した証拠だ」

「………モント公爵はなぜ……なぜ、お母様を殺したのですか？」

「……」

「王妃様を殺害した理由はわかります。王家の縁戚となるためには、国王の寵妃《ちょうひ》が邪魔だったでしょうから。でも、お母様まで殺す意味がわかりません。それとも本当のところは、モント公爵はお父様を憎んでいたのでしょうか？　でもお父様は、お母様を愛してはいらっしゃいませんでした。だからお母様を殺したとして、モント公爵が満足するような結果は得られなかったはずです。なのに、なぜ……」

華奢《きやしや》な指がきつく腕を摑《つか》んでいる様に、胸が痛くなる。

手を伸ばして抱きしめたい衝動を堪《こら》えて、俺は大きく横に頭《かぶり》を振った。

「いや、逆だ」

「……」

「ゾネントス公爵は、政略結婚で得た妻を愛していないと思ったからこそ、殺したんだ」

「それは……」

「父は、かつての親友であったゾネントス公爵を、心から大事に思っていた。だからこそ、公爵に不名誉な噂《うわさ》を立てられる前に、君の母親を殺したんだ。……父は、君の母親の不貞を疑っていた」

「……っ」

「君の出産後、里帰りから戻る気配のない君の母親が、かつての恋人とよりを戻して出奔するつもりでいると思っていたんだ」

目の前の瞳が、大きく見開かれる。

公子はロゼリアに、この話をしなかったのだろう。もしくは、公子も知らなかったのかもしれない。

きっと公爵が、母親に不貞の疑惑があったことを、子供たちに知られないよう配慮したのだろう。

俺に口止めをしたのも、そのためだ。

「……だが、君の母親は、不貞など働いていなかった。父の誤解だったんだ」

「……なんて、こと……」

「だからゾネントス公爵は、父を激しく憎んでいるんだ。それに実際、父は憎まれて然《しか》るべき人間だ」

父を擁護するつもりはないが、確かに当時の状況だけを見れば、ロゼリアの母親が不貞を働いていると疑われても仕方がない状況だった。ゾネントス公爵夫妻が政略結婚であることは周知の事実であったし、本来夫婦で参加するべき宴席にも、互いに別のパートナーを伴って出席するなど、二人の仲が冷え切っていることは、誰の目にも明らかであったからだ。

ロゼリアも、これほどまでゾネントスの血が色濃く反映された容姿でなければ、皆不義の子であると思ったに違いない。当時世間では、不仲であるはずのゾネントス公爵夫人が公爵の実子を生んだとして、驚きを持って噂になったくらいだ。

にもかかわらず、公子もロゼリアも夫人の噂を知らなかったということは、公爵が子供たちの耳に入れないよう、隅々まで手を回した結果である。

とはいえ、さすがに不仲であったことまでは隠しようがなかったようだが。

ロゼリアの母親の死後、父とゾネントス公爵の間でどんな遣り取りがあったかまではわからない。ただ、夫人だけでなく、ロゼリアにも手を掛けようとしていた父を、公爵は絶対に許しはしないだろう。ロゼリアはその容姿であったために、毒牙から逃れたのだ。

少年時代の公爵を、そのまま女性にしたかのようなロゼリアは、誰がどう見ても、公爵の子供である。

「そう……。そう、だったのね……」

「……」

「つまり……毒はモントのお家芸だったということね……」

苦渋に満ちたつぶやきに、心臓を鷲摑《わしづか》まれたような感覚になる。

やけにゆっくりと、大きな拍動を刻む心臓の音を聞きながら、俺は隠していた全てを、ロゼリアが知ったことを悟った。

「最後の質問です。私たちが過ちを犯した時に飲んだお茶。あのお茶には何も入っていませんでした。入っていたのは、私が口にした菓子」

周囲の音が遠ざかり、今やロゼリアの声と心臓の鼓動しか聞こえない。

まるで世界が、今終わるかのようだ。

「その菓子に入っていた薬は、モント公爵が用意したもので、間違いありませんね？」

死刑宣告にも似た無情な声の前、俺はなす術《すべ》もなく頷きを返すことしかできなかった。

IX

Rose & Lie

金糸銀糸がふんだんに使われたタペストリーが壁を飾る、豪奢《ごうしゃ》な部屋で目を覚ませば、今日もいつもと同じ、空虚な一日が始まる。

目覚めと共に、どこからともなく現れた侍女に身の回りの世話を任せるも、心は空っぽだ。

ここにきて、もうどれくらい経《た》ったのか。

日々、贅《ぜい》を凝らした食事に、服に、装飾品に囲まれて、ただただ愛《め》でられる。

世の女性の多くが、私を羨んでいることだろう。


この国の王位継承者、第一王子の寵姫《ちようき》。

次期王妃の座を約束された、王太子妃。

王太子は、私を愛している。

生涯女性は私だけと、誓いも立ててくれた。

この美しく豪華な部屋の中で、私に叶《かな》わない望みはない。

——そう、この部屋の中でなら。

身支度を終えて退出していく侍女たちを、見るともなしに見る。

もう何カ月もこの部屋から一歩も外に出ることを許されない私と、彼女たち、果たしてどちらが幸せなのだろう。

物憂げに視線を落とせば、いつの間にか続きの間の隣室で、食事の支度がされている。

起きて、食べて、排せつして、夜には睦《むつ》み合い、寝る。

その繰り返し。

時折、頭がおかしくなりそうなほど激しい衝動に駆られて泣きわめくけど、嵐が通り過ぎた後は、ただ虚《むな》しさが増すだけだ。

むしろおかしくなってしまった方が、楽なのかもしれない。

きらびやかな地獄で、ゆっくり、ゆっくりと、首を絞められているかのよう。

ぼんやりと窓の外を見る。

けれどもその日は、判で押したような色彩のないいつもとは、違った。


来客用の装いに着替えさせられ、化粧を直し、客の訪《おとな》いを待つ。

王太子と侍女以外で、この部屋に人が来るのは初めてだ。

立ち上がって客人を迎え入れた私は、流れるように完璧な所作で淑女の礼を取った彼女を、微笑《ほほえ》んで見詰めた。

「王太子妃殿下には、お変わりなく。本日はお招きいただき、光栄の至りにございます」

陶器のように透き通った肌に、輝く白金色の髪。ほっそりと華奢《きやしや》な体は、優美になだらかなカーブを描いていて女性らしい。

同じ女でありながらも、惚《ほ》れ惚《ぼ》れするほどの美しさだ。

その上、王家に匹敵する由緒ある血統に生まれ、地位も、権威も、財力も申し分ない。

初めて彼女に会った時は、こんな人間もいるのかと、驚きを覚えたほどだ。

「来てくださって嬉《うれ》しいわ。さあ、お座りになって」

にこやかに席をすすめるも、胸の内にドロドロと黒く重たい感情が広がっていく。

なぜ、彼女ばかり。

全てを手にしておきながら、まだ足りないか。

「ふふふ。菓子を用意させましたけど、お気に召すかしら」

この女に、今の私はどう見えているのだろう。

透き通った紫色の宝石のような瞳を前にすると、久しく忘れていた感情で、腹の奥が煮えたぎるのがわかる。

けれども。

「いえ、菓子は結構ですわ」

「……あら。お気に召しませんでした？」

「そうではなく、最近勧められた菓子に、薬を盛られたばかりでして」

艶やかな唇が、にっこりと笑みの形を象《かたど》っている。

こんな時でも、彼女の笑みは完璧だ。

私は、どうだろう。

同じく両の口の端を吊《つ》り上げた私は、ころころと、しかしどこか、歪《いびつ》な笑い声を上げた。


世間では、まんまとゾネントス公爵を出し抜いたヒルデガルド伯爵は、ずいぶん上手《うま》くやったものだと言われている。

きっと娘に、なりふり構わず色仕掛けでもかけさせたのだろうと。

でなければあのゾネントス公爵の娘を振って、王太子が一介の伯爵令嬢にすぎない私を選ぶはずがない、というわけだ。

私も自分が当事者でなければ、同じように思っていたに違いない。

だけど、実情は違う。

そもそも私が王太子妃候補になったのだって、単に決められた数合わせのためだ。慣例通り数名の令嬢が候補として挙げられたものの、実際は最初からロゼリア嬢が選ばれることが決まり切った、出来レースだったのだから。

私だって、まさか私が王太子妃に選ばれるだなんて、微塵《みじん》も思っていなかった。

それでも、申し訳程度の数合わせに手を上げたのは、王太子ではなく、王太子の周りにいる側近を婿候補として射止めるためだ。

単なる数合わせの王太子妃候補であっても、王太子妃候補であったという事実は、結婚相手に選ばれる際の大きな実績になる。王家が王太子妃候補とするに足るだけの家門であると太鼓判を押してくれているのだから、それこそ箔《はく》がつくというものである。

加えて王太子妃候補となれば、王太子に会う機会が増え、必然、王太子周囲の優秀な側近に接触する機会も増える。

その王太子の側近中の側近が、ロルフ卿《きょう》だ。

ロルフ卿は、我が国で権勢を誇るモント公爵家の子息であり、かつ王太子の筆頭護衛という、今後出世を確約されている最も有望な人材である。

さらには、品行方正、実直で高潔な性格の彼を、ぜひとも婿にと望む家は多い。

でもそれ以上に、私は、もう随分と前から、ロルフ卿に恋をしていた。

デビュタントとして初めて社交会に出たその日、緊張してステップを間違え、恥ずかしさのあまり物陰で泣いていた私に、ロルフ卿は無言でハンカチをくれたのだ。しかもその後、私が泣き止《や》むまで、私の姿を隠すかのようにその場に付き添ってくれた。

でもきっと、ロルフ卿は覚えていないだろう。

私もずっと顔を隠していたから、デビュタントに失敗して物陰で泣いていた、パッとしない田舎娘が誰だったかなんて、ロルフ卿は知らないだろう。

むしろ領地から出てきたばかりで野暮ったさの極みだったあの頃の私を、覚えていられた方が困る。あの日助けてくれた紳士に恋をした私は、彼に見合うだけの女性になりたい一心で、どう着飾り、どう振る舞えば自分がより良く見えるか、必死で学んだのだから。

その結果、王太子の心を射止めることになったのは、皮肉以外の何物でもない。

それにしてもいったい王太子は、私のどこを気に入ったのか。

ロゼリア嬢というあんなにも完璧な女性が身近にいて、何故《なぜ》私を選んだのか。

未《いま》だにわからない。

だって、ロルフ卿ですら、彼女に惹《ひ》かれていたのだから。

そう。ロルフ・フォン＝モント卿は、ロゼリア・ゾネントス嬢に、恋をしていた。

ロルフ卿の態度が、ロゼリア嬢の前でだけ不自然なことには、すぐに気が付いた。

最初は、お互いに敵同士の家門だからと思ったけど、それにしてはロルフ卿の態度は感情的で、いくら家同士が不仲だとしても、紳士らしさに欠ける。

特に何かをしたというわけでもないのにああも睨《にら》みつけられては、並の令嬢だったら泣き出しているところだ。

そのくせロゼリア嬢のことは常に気にしていて、目が彼女を追っている。

周囲は、護衛騎士という立場上、ゾネントスの家門の者が不穏な動きをしないよう見張っていると思っていたようだけど、そうではないことは、私にはわかっていた。

きっとロルフ卿自身も、自分の気持ちに気付いていなかっただろう。

もしくは、うっすらと気付いていつつも、立場上あってはならないものとして無意識で別の感情にすり替えていたのかもしれない。

だとしても、ロゼリア嬢を見詰める視線、眼差《まなざ》しに込められた熱は隠しようもなく、雄弁にロルフ卿のロゼリア嬢への思いを語っていた。むしろなぜ、周りが気が付かなかったのか不思議なくらいだ。

それでも、王太子の護衛であるロルフ卿が、最有力の王太子妃候補であるロゼリア嬢と結ばれる可能性があるはずもなく。

しかもロゼリア嬢は、王太子に好意を持っている。順当にいけば、私は失意のロルフ卿を慰めることで、彼の気を引けばいいはずだった。

なのにまさか、王太子が私を選ぶだなんて。

あり得ない結果に、周り以上に誰よりも、私自身が愕然《がくぜん》とした。

もちろん王太子には、私では荷が重いとして、何度も辞退をほのめかした。

伯爵家といえども、所詮我が家は田舎貴族にすぎない。ゾネントス家の対抗馬とはなりえないからこそ、我が家が候補に挙げられたのだ。それなのにゾネントス家ではなく我が家が選ばれたとなっては、本末転倒もいいところである。

何より、我が家はもちろん、王太子がゾネントス家を敵に回すことになる。私が王太子妃になることは、王太子以外、誰一人として望まない事態なのだ。

にもかかわらず、王太子の決意は、頑として変わらなかった。

それどころか私が辞退をほのめかせばほのめかすほど、私への執着を見せるようになった。

となれば、一介の伯爵令嬢に過ぎない私に、否やが言えようはずもなく。

私が望むと望まざるとにかかわらず、着々と私が王太子妃になる準備が進められていった。

そうなってしまえば、後は流れに身を任すしかない。

それに、本来王太子妃に選ばれることは、全ての貴族女性にとってこの上ない栄誉なのだ。

加えて王太子は、こちらが戸惑うほど私を大事にしてくれる。誰に代わることもできない、世界にたった一人のかけがえのない存在として、愛を注いでくれる。

女として、これほど幸せなことはない。

だが、望まぬ愛は、時として重荷となる。他に想《おも》う人がいるのなら、なおのこと。

ありがたいことだと、ありがたいと思わなくてはならないと思えば思うほどに、虚しさが募った。

同時に私の中で、ロゼリア嬢を嫉《そね》む気持ちが膨らんでいった。

王太子妃候補から外れた彼女に、いずれロルフ卿は愛を告げ、結婚を申し込むだろう。

あのロルフ卿に真摯に愛を打ち明けられたなら、いかに敵対する家門といえど、王太子に振られて傷心のロゼリア嬢は、きっと心動くに違いない。当人同士が恋に落ちたとなれば、両家も強硬に反対はしないだろう。

国としても二人が結ばれることは、二大公爵家のわだかまりを解く絶好の機会だ。王家としては願ったり叶ったりだろう。

となれば、ずっと私が恋い焦がれていた人までが、ロゼリア嬢のものになるのだ。そんなこと、許せるはずもない。

人は、己が持ちえないものを持つ者を、羨み、嫉む。

彼女が唯一手に入れられなかった王太子との仲を見せつけ、社交界であらぬ噂《うわさ》を流して爪弾《つまはじ》きにしても、気が晴れるのは一瞬でしかない。

むしろ嫌がらせをすればするほど、己の醜さが露呈して自己嫌悪に陥る。

対するロゼリア嬢は、常に毅然《きぜん》と正道を行き、誰に誹《そし》られようと微塵も揺らぐことがない。変わらず美しいままだ。

私が渇望する全てを手にしているロゼリア嬢への妬みが、憎悪に変わるまで、そう時間はかからなかった。

私が、ある薬の存在を知ったのは、この頃だ。

その薬は、聖女のような淑女も、聖人君子な紳士も、一口でたちまち淫蕩《いんとう》な獣のように睦み合うという媚薬《びやく》だ。

部屋付きのメイドが、婚姻式が近づくにつれ日一日と顔色が暗くなる私のために、王太子との仲を決定的なものにして安心させようと教えてくれたのだ。

多分彼女は、私が身分の差を気にして王太子に相応《ふさわ》しくないと悩んでいると思ったのだろう。敗れたりといえども、対抗馬のロゼリア嬢は身分が申し分ない上に絶世の美女であるのだから、いつ王太子が心変わりするかと私が心配していると誤解したらしい。

そのため、既成事実を作って確実に王太子が私と結婚するようにしてしまえば、私が安心すると思ったのだ。

媚薬の存在を知ってまず私が思ったのが、ロルフ卿を誘惑することである。

たとえその場限りだとしても、一度でいいから想う人と結ばれたいと思うのは、恋する者ならば誰もが望む願いだろう。

それに責任感の強いロルフ卿であれば、一度でも契った相手を無下に扱うとは思えない。純潔を失った私にきっと王太子は失望するだろうから、あわよくば王太子との婚約は破棄されて、ロルフ卿の婚約者になれるかもしれない。

けれどもすぐに私は、その計画は間違いなく失敗することを悟って諦めた。

責任感の強いロルフ卿だからこそ、たとえ薬に冒されていたとしても、親友であり主君の婚約者である私とは、過ちは犯さないだろう。

その場合、ロルフ卿は薬を発散させるために、私以外の女と睦み合うことになる。

そんなの、絶対に駄目だ。

だとしたら、薬の使い道は一つしかない。

ロゼリア嬢に使うのだ。

あの完璧な彼女が、媚薬で乱れ狂い、誰彼構わず淫らに体を開くところを想像するだけで、胸がすくようだった。

さらには都合の良いことに、彼女が娼婦《しょうふ》のような真似《まね》をしても、誰も疑問には思わないだろう。

ゾネントスの娘は蛇のように淫蕩だと、皆には思われているからだ。

しかもおあつらえ向きに、最近の彼女は王太子の気を引くために、露出の多い服を着ている。

ロルフ卿もさすがにロゼリア嬢が他の男と淫らに通じたとなれば、想いも冷めることだろう。

どす黒い感情に支配された私は、口の端を吊り上げつつ、メイドにその薬を手に入れるよう命じた。

この後、自分の身に何が起こるかも知らず。

「――ねえロゼ。君の大好きなロルフ卿が、君のお膳立てした状況で他の女性と結ばれるところを見るのは、どんな気分だい？」

ねっとりと甘い声が、震える私の耳に毒を注ぎ込んでいく。

仕掛けが施された鏡の向こうでは、ゾネントス令嬢を狂おしく見詰めるロルフ卿が。

その手が頬に触れ、徐々に近づけられた顔が重なり合ったところで、私は俯《うつむ》いてきつく瞼《まぶた》を閉じた。

「ロゼ、駄目だよ。ちゃんと見なきゃ」

背後から私を抱きしめる王太子が、私の顎を持って優しく顔を上げさせる。

顔を上げたことで、涙が幾筋もの流れになって私の顔を支える王太子の手袋を濡《ぬ》らしていくも、王太子は全く気にした風もない。

「ロルフはもう随分と前から、ロゼリア嬢のことが好きだったんだ。なのにちっとも本人が自分の気持ちに気付かないから、僕もずっとヤキモキしてたんだよ。でもこれで、ひとまずは安心だね」

熱い口付けを交わす二人からは、鏡越しにも熱気が伝わってくるかのようだ。初めて見るロルフ卿のそんな姿に、掻《か》き毟《むし》りたいほどの胸の痛みに襲われる。

どうして……どうして、こんなことに。

「どうしてって？　君のことで、僕が知らないことがあるとでも？」

私の胸の内を見透かした王太子の答えに、ひゅっと声にならない音が喉で鳴る。

いったいいつから、王太子は私の計画を知っていたのか。

——まさか、最初から。

「さすがに媚薬を使うように誘導したのは僕じゃないよ？　僕は単に、君が媚薬を取り寄せたことをモント公爵から聞いただけさ。——はは、どうしてここでモント公爵の名前が出てくるのかわからないって顔だね。そう、君のメイドは、モント公爵が潜り込ませた間者なんだよ」

くすくすと笑って言われるも、衝撃の事実に頭がついていかない。

モント公爵は、何故。

私に何をさせるつもりだったのか。

そもそも公爵は、その人ありと、高潔で知られた人物ではないか。手の者を回して私が媚薬を使うよう唆すなど、どうしてそんなことを。

様々な疑問で後ろを振り返ると、私をさらに抱き寄せた王太子が、そっと耳元に唇を寄せた。

「公爵と、取引をしたんだ」

吐息を吹き込まれて、立っていられないほどの愉悦が背筋を駆け上る。

さっきから、体がおかしい。

体の奥で熱が渦巻くようだ。

耳朶《じだ》にしっとりと柔らかな唇を押し付けられて、眩暈《めまい》のするような感覚に襲われる。

「……君を王太子妃に迎えるのを、公爵に手伝ってもらったんだ」

がくがくと膝が笑う私を抱き上げて、王太子が綺麗《きれい》に笑みを浮かべた。

「薬が効いてきたようだね。そろそろ体が辛《つら》いだろう？」

言いながら、私を抱いてスタスタと隣室へと向かう。扉を開けた先の薄暗い部屋には、ベッドが置かれている。

自分が置かれている状況を察した私は、焦燥感で額に汗が浮かぶのがわかった。

先ほど口に入れられた飴《あめ》か。

私がゾネントス令嬢に盛った薬と、同じ類《たぐい》の薬だろう。

「ど、どうして……」

「その質問は、どうして今君が、こんな状況かってこと？」

ベッドの手前で、王太子がぴたりと足を止める。

にっこりと綺麗な笑みが作られ、光る瞳で覗《のぞ》き込まれて、私は全身が粟立《あわだ》つのがわかった。

「ロゼ、君を、愛しているからだ」

「……」

「僕は君が思うほど、寛容な人間じゃない。愛する人間が、自分以外の誰かを想っているなんて、絶対に許せない。それでも君の気持ちが僕に向いてくれるのを待つつもりだったけど、君は一向に僕のことを好きにならないだろう？」

柔らかな声音とは裏腹に、冷たく光る王太子の目は、今すぐにでも私を絞め殺してしまいたいとでも言いたげだ。蛇に睨まれた蛙《かえる》とは、きっと今の私のことだろう。

媚薬の熱も忘れるくらい、全身にじっとりと冷たい汗が滲《にじ》む。

固まったように王太子の顔を凝視した私は、ようやっとの思いで、かすれ声を絞り出した。

「ど……どうして、そこまで私を……。私は……人を陥れるために薬を盛るような人間です……。殿下の寵愛《ちようあい》に足るような女では、ありません……」

全てを把握しているというからには、きっと私のどす黒い人間性についても知っているに違いない。

にもかかわらず、私を愛していると言うのがわからない。

私は、ゾネントス令嬢とは、違う。

しかし、困惑する私を他所《よそ》に、王太子がついぞ見たことのない、晴れやかな笑みを浮かべた。

「だからこそだよ。君が僕と同じ腹黒い人間だからこそ、君に惹かれたんだ」

「……」

「それに、純粋でお綺麗な人間に、王太子妃は務まらないしね。そういう意味でも君は、僕の妻とするにぴったりの人間なんだよ」

心の底からとわかる笑顔を向けられて、目の前が暗くなるような気分に襲われる。

腹黒いから惹かれたとか、悪趣味も過ぎはしまいか。

私がゾネントス令嬢に唯一勝っていたのは、王太子の愛を得ている、その一点だけだ。なのにその愛さえも、こんなにも捻《ね》じ曲がった愛とは言えないようなものだったなんて。

落胆と失望が入り混じった感情が、重たい胸をさらに重たく冷たくする。

そうこうする内にベッドに下ろされ、のしかかられて、私は慌てて王太子の胸を両手で押して抵抗した。

「ま、待ってください……！」

「待ってもいいけど、君の体がもたないんじゃない？」

「う……」

「こんな状態になってなお、僕が嫌？」

光る瞳で見下ろされて、冷や汗がこめかみを伝う。

多分、いや間違いなく、返答を間違えれば私の命はない。本能が激しく警鐘を鳴らしている。

カラカラの口内を湿すように唾を飲み下した私は、慎重に言葉を続けた。

「殿下が、嫌だというわけではありません……」

「ふーん？」

「このような体で、今更殿下を拒むつもりもありません……」

焦燥感にも似た熱は、すでに腹の奥で耐え難いものに変わっている。拒みたくとも拒めない状況なれば、王太子を受け入れるしかないのだ。

だが、完全に媚薬の狂乱に沈んでしまう前に、私には確認しなければならないことがあった。

「……でも、その前に一つ、教えてください。先ほど言っていたモント公爵との取引とは、何ですか？　私を王太子妃にするために取引をしたと言っていましたが、取引と言うからには公爵側の要求もあるはずです。第一、私がゾネントス令嬢に媚薬を使って彼女を陥れるよう誘導しておきながら、結果的にロルフ卿とゾネントス令嬢が結ばれてしまっては、公爵としては望まない展開ではないのですか？　それとも、もしかしてこの状況すらも、公爵の思惑通りということですか!?　殿下、教えてください……！」

一つと言っておきながら、一つどころではなくなってしまったけど、モント公爵の目的を知らぬまま踊らされるのはごめんだ。私にだって矜持《きょうじ》くらいある。

息せき切って問いかければ、王太子が笑みを浮かべたまま、無言で見つめ返してくる。

たっぷり十秒近く見詰め合ったのち、静まり返った部屋の緊張を、王太子の忍び笑いが崩した。

「そうか、君は知らないよね」

「……」

「モント公爵はああ見えて策士でね。媚薬を手にした君が誰にそれを使うのか、そしてそのことを知った僕がどういう行動に出るのか、彼には全部わかっていてやったことなのさ。だからそう、今のこの状況は、君の言うとおり、彼の思惑通りということだね」

つまり、私は完全にモント公爵の掌《てのひら》の上、ということだ。

腹立たしさとショックで頭がクラクラする。

しかし公爵にとって、自分の息子を敵対する家門の娘と結ばせることに、何の利益があるというのか。ますますもって公爵の意図がわからない。

悔しさと頭の痛みで歪《ゆが》む顔を、両手で覆って隠す。

すると、首筋をゆっくり指でなぞられて、私の体がびくりと揺れた。

「さすがに僕も、これ以上ゾネントス公爵の怒りを買って敵に回すような真似はしたくないし、親友が傷つき怒り狂う様も見たくはない。それに、子供の頃から見てきたロゼリア嬢のことは、少なからず僕も大事に思っているからね」

剝《む》き出《だ》しの首元に手を添わされて、緊張で体が硬くなる。

この手に、少し体重を乗せられただけで、私は簡単に窒息するだろう。

触れるか触れないかの絶妙な距離で、その手が首元をさする。

「モント公爵としても、そろそろゾネントス公爵と和解したいと思っているそうだよ。だからこの状況は、公爵にとっても、望ましい状況なのさ」

首元を撫《な》でていた手が外されて、ほっとするのも束《つか》の間《ま》。

熱く湿った舌で舐《な》め上げられて、私の口から嬌声《きょうせい》が上がった。

ぞわぞわする感覚が、忌避感からなのか快感からなのか、もはや判別はつかない。

歪む顔を覆って、されるがままだ。

「おかしいとは思わなかった？　どうして君がこうもすんなりと王太子妃候補になれたのか。そもそも何故僕が、後ろ盾もなく王太子でいられると思う？」

問われても、もはや答える余裕はない。

口から出るのは、意味を成さない言葉だけだ。

「孫である第二王子を王位継承者としたいモント公爵としては、僕に後ろ盾ができない方が都合がいいのさ。僕がもしロゼリア嬢を選んでいたら、きっと僕は、今ここにいないだろうね。もちろん、君を選んだのは僕の意志だけど、モント公爵としても、君が王太子妃になってくれる方が都合が良かったんだよ」

王太子の言葉が、ぐるぐると頭の中をめぐる。

しかし絶え間なく与えられる快感で、言われた意味を考える力はない。

いつの間にか服を取り払われ、脚を割り開かれて、そこで初めて、私は我に返った。

「待っ――」

「大丈夫、心配しなくていい。子供はできない」

「……え……？」

一瞬、その場の時間が止まる。

戸惑いに目を見開いた私を見下ろして、王太子が満面の笑みを浮かべた。

「僕たちの間に子供を作らないこと――それが公爵との取引だ」

一目見ただけで著名な職人に作らせたとわかる、精巧な細工が施された調度品の数々に、本物の宝石を縫い付けた煌《きら》びやかなタペストリー。

自身も鈴なりの果物のように宝石を身に着け、遠国の貴重な絹織物を幾重にも巻きつけた様は、これでもかというくらい、これらを彼女に与えた人物の愛を主張している。

なのに、私の目の前に座る彼女の目は、病み疲れたかのように、昏《くら》い。

見る者を圧倒する贅《ぜい》を凝らしたこの部屋も、結局は煌びやかな檻《おり》に過ぎないのだろう。

もしかしたら、王太子妃という地位も、王太子の愛さえも、彼女を縛る鎖でしかないのかもしれない。

ふと、そんな風に思う。

言葉通り、まさしく籠の鳥であるミルローゼ嬢に、私は憐《あわ》れみの感情が湧くのを感じていた。

「ミルローゼ様自らお茶を淹《い》れていただけるなんて、光栄ですわ」

「ロゼリア嬢、そんなかしこまらないでくださいな。私たち、お友達じゃないですか」

「まあ、お友達！　ミルローゼ様にお友達と認めてもらえるなんて、嬉《うれ》しいですわ」

とはいえ、白々しさは拭えない。

私を友達だと言うくせに、ミルローゼ嬢の態度は終始高圧的だ。

既婚と知っていて、わざとらしく『ロゼリア嬢』と呼ぶのもそうだ。そもそも友達は、友人に薬を盛って陥れようなどとはしない。

互いに腹の底の読めぬ微笑《ほほえ》みを交わして、くすくすと笑い合う。

ミルローゼ嬢が私にしたことを思えば、やはり腹は立つけれど、いかんせん相手は次の国王である王太子の寵愛《ちようあい》を一身に受ける王太子妃。厳密に言えばまだ王太子妃ではないけれど、式の日取りが公式に発表をされている上に、実質的にはすでに婚姻を結んでいるのだから、ミルローゼ嬢が王太子妃であることは間違いない。

となれば、表立って対立するわけにはいくまい。いくら見え透いているとはいえ、ゆくゆくは王妃となる彼女に、恩を売っておいて損はないだろう。

だからこそ、今、私はここにいるのだ。

ひとしきり笑い合って、改めて出された茶に口をつける。

これ見よがしに、再三勧められた茶菓子を、ゆっくりとフォークで切って口に運んだ私は、にっこりと笑みを湛《たた》えて近々王太子妃となるミルローゼ嬢に向き直った。

「お聞き及びかと思いますが、来週、私たちの結婚式を挙げさせていただくことになりました」

カチリと、カップをソーサーに戻した音がやけに大きく部屋に響く。

不自然なまでに笑みを深めたミルローゼ嬢を前に、しかし私は何食わぬ顔で話を続けた。

「父の賛同は得られておりませんので、ごくごく小さいささやかな式ではありますが、ぜひとも王太子殿下とミルローゼ様にご出席をいただけたらと思いまして、まかり越した次第です」

言いながら、招待状をテーブルの上に置いて差し出す。

王太子殿下にはすでに出席するといただいているのだから、ミルローゼ嬢に出席の確認を取る必要はないのだけれど、わざわざ会いにきたのには、理由《わけ》がある。

封を開ける手が微《かす》かに震えていることを見て取って、再び私は、目の前の異様に白くやせ細ったミルローゼ嬢が憐れになってきた。

妃《きさき》となることが内定してから、一度も公の場に出ていないばかりか、部屋からすら出させてもらえていないという話は、この様子ではやはり事実なのだろう。

「……殿下は……王太子殿下は、なんと仰《おつしや》っていて……？」

「殿下からはすでにご臨席いただく旨、ご快諾をいただいております」

「快諾、を……」

「はい。その上で今日は、ミルローゼ様に直接招待状をお渡しに参りました」

最初、王太子殿下はお一人で出席されるつもりでお返事をいただいていた。私たちとしても、王家に認められた婚姻であることを知らしめることができればいいのだから、王太子殿下が出席してくれるのであれば、別にミルローゼ嬢が出席しなくても問題はない。

それにミルローゼ嬢には、薬を盛られた経緯がある。結果的に私とロルフ卿《きよう》は結婚することになり、問題なかったとはいえ、彼女がしたことは許されることではない。

けれども私が、あえてお二人で出席してほしいと頼んだのだ。

「ミルローゼ様さえよければ、今後も今日みたいに気軽にお呼びいただけたら嬉しいですわ」

「……っ」

「僭越《せんえつ》ながら、友達だと思ってくださるならば、ぜひともこれからは、今以上にお近づきになれるお許しをいただきたいです」

実際友達になれるかどうかは置いといて、私たちの仲が良好であるとアピールすることは、お互いにメリットしかない。ロルフ卿が王太子殿下の護衛であるのだから、私が王太子妃であるミルローゼ嬢と懇意になる利点は言わずもがな、特にミルローゼ嬢にとっての意味が大きい。

実家に政治力がないミルローゼ嬢は、文字通り形だけの王太子妃だ。王太子の寵愛だけが頼みの綱であり、貴族内で発言力のない彼女は、単なる王太子の寵姫《ちょうき》という位置づけ以上の力を持たない。ろくな侍女もつかない上、王太子妃として力を振るうに必須のサロンを持つことなど、今の彼女には夢のまた夢だ。

王太子がミルローゼ嬢を部屋から出さないのも、度を越した寵愛ゆえという以上に、現状ではその身を守ることすら危ういからだろう。力を持たぬ王太子妃など、丸腰で戦場に置かれるようなものだ。

そんなミルローゼ嬢にとって、対外的といえども、私と友人関係にあると周囲に知らしめることは、ゾネントスと、今やモントの後ろ盾を得たに等しいアピールになる。私がミルローゼ嬢を支持しているとなれば、滅多なことでは彼女を害することはできないだろう。

つまり、彼女は部屋から出られるようになるのだ。

けれども。

「……………ミルローゼ様？　どうなさっ――」

「……うふふふふ……あはっ、あはははははっ！」

何故《なぜ》か俯《うつむ》いて話を聞いていたミルローゼ嬢が、突然気が触れたかのように笑いだした。

「あははははは！　ロゼリア様、あなたって人は……！」

結婚式の招待状を持ったまま、大口を開けて笑い声を上げる。

人前で、しかも地位ある女性が大声を上げて笑うなど、まずあり得ない。呆気《あつけ》に取られる私を他所《よ》に、泣くほど大笑いしている。

哄笑《こうしょう》が、忍び笑いに収まるまで笑ってから、ミルローゼ嬢が目元を指で拭いながら私に向き直った。

「私、あなたが大っ嫌い」

「……」

「だから私たち、きっといいお友達になれるわね」

にっこりと笑って言われるも、涙で化粧が滲《にじ》んだ目元は真っ黒だ。白粉《おしろい》ははげ、頬には幾筋ものの黒い涙の痕が残ってしまっている。

言われた意味を呑《の》み込むまで数秒。

私は、完璧な笑みを浮かべて頷《うなず》いた。

「ありがとうございます。ではこれからは、私のことは『ロゼリア』とお呼びください。お友達ですもの、何なら愛称でも。私、身内の者には『ロゼ』と呼ばれておりますのよ？　『ロゼリア』でも『ロゼ』でも、ミルローゼ様のお好きなようにお呼びくださいな」

「ロゼ……そう、ロゼと呼ばれてるのね……」

「ええ」

「……うふっ……うふふふふっ、あはははははっ……！」

「ふふふ。お気に召していただけたようで嬉しいですわ」

涙でほつれ毛が顔に張り付き、腹を抱えながら笑い転げる様は、もはや狂女としか言いようがない。そんなミルローゼ嬢に、私も笑顔で応える。

少なくはない時間二人で笑い合って、ようやく気がすんだらしいミルローゼ嬢が、最後に虚脱したように肩を落とした。

「はあ。…………わかりました。私も喜んで出席させてもらいます」

「ありがとうございます」

それきり、口を閉ざす。表情の消えた顔からは、彼女が何を考えているのかわからない。

しかし、当初の目的は果たしたわけだ。ゆるゆると辞去の言葉を述べて、席を立つ。

背を向けて足を踏み出したその時。

背後から、掠《かす》れた声がかけられた。

「……ロルフ卿は……何か言っていて……？」

時間をかけて振り返り、煌びやかな箱の中で震える女性を見下ろす。蒼白《そうはく》な顔で私を見上げるその目は、まるで怯《おび》えているかのようだ。

複雑な感情で、胸がいっぱいになる。

「いいえ。特には何も」

「そう……」

目の前の彼女は、かつての恋敵であり、私が羨望してやまないもの全てを手にした女性だ。

その上悪意ある噂《うわさ》を広めて、私の地位を貶《おとし》めるだけでは飽き足らず、挙句には薬を使ってまで私を潰そうとした相手だ。

けれども、不思議と今は、彼女を恨む気持ちは湧いてこなかった。

薬を使って陥れようとしたのは、私も同じだ。

けれども、最終的に思いとどまった私と、最後まで悪意を実行した彼女。

きっと王太子の愛だけでは心許《こころもと》なく、確実に王太子妃になるために、私を陥れなくては安心できなかったのだろう。全て思い通りになったはずなのに、今の彼女は不幸そのものだ。

でもそれは、私の未来だった可能性もある。

「ロゼリア様……いいえ、ロゼリア。改めて、ご結婚、おめでとう」

「ありがとうございます」

恭しく礼を取ってから、再び背中を向ける。

背後で小さくすすり泣く声が聞こえてきたけれども、今度こそ私は、振り返らずに歪《いびつ》で美しい王太子妃の部屋を後にしたのだった。


そして、結婚式当日。

全ての準備を終えた私は、静かに控室でその時を待っていた。

鏡に映る純白の衣装に包まれた女性は、誰が見ても完璧な花嫁だ。

けれどもその目元には、憂いが翳《かげ》りとなって陰を落としている。

そっと、鏡の中に手を伸ばす。

その時、部屋の扉を叩《たた》く音で、私は弾《はじ》かれたように立ち上がった。

「ロゼリア」

「……お兄様」

部屋に入ってきた人物を認めて、高まった鼓動が一瞬で鎮まる。

明らかに肩を落とした私を、しかしお兄様が笑顔で抱きしめた。

「綺麗《きれい》だよ、ロゼ。介添えが私ですまない」

「いいえ、お父様が来られないのはわかっていますから……。お兄様、ありがとう」

本当は、もしかしたらお父様がいらしてくださるかもしれないと、期待していたのだ。

しかし、これまでの仮初めの反目と違い、お兄様がモントの小公爵と手を組んだ今、お父様と私たちは完全に対立することになってしまった。しかも結果的に、私がお兄様の企《たくら》みに加担した形になってしまった。

私が望んだことではないとしても、ロルフ卿がお父様を裏切っている以上、お父様は私を許してはくださらないだろう。

それでも、娘の一生に一度の晴れ舞台には、お父様も一時現状を腹に収めてくださるかもしれないと淡く期待していたのだ。

「……まあ、ロゼも知ってのとおり、父上はああいう方だからね。僕らのことはチェスの駒くらいにしか思ってない。君もそろそろ、父上に期待するのはやめにしたほうがいい」

継嗣であるお兄様は、子供の頃からお父様に厳しく教育を施されてきた。すぐ側《そば》でお父様の仕事を見てきたお兄様は、私の知らないお父様の姿も知っている。

ゾネントス公爵として政治の中枢で権威を振るうため、実際に裏でお父様が何をしていたのかまでは、私は知らない。

そんな私と、お兄様とでは、お父様に抱く感情はどうしても異なる。

だがきっと、お兄様が正しいのだろう。期待するだけ、傷つくだけだ。

苦笑しながら私を教え諭すお兄様を見上げて、私は小さく口を結んだ。

「じゃあ、そろそろ行こうか。花婿がお待ちかねだよ」

「……はい」

差し出された肘に手を置いて、お兄様と二人で控室を出る。

けれども。

開け放たれた扉の向こう、すらりと背の高い、私たちと同じ色合いを持つ人物を認めて、私は動けなくなってしまった。

「お父様……」

正装姿のお父様が、胸を押さえたまま立ち竦《すく》む私のもとにやってきて、お兄様に目配せをする。

同じく驚いた様子のお兄様と立ち位置を交代して、お父様が眉をひそめてハンカチを取り出した。

「泣くな、化粧が落ちる。お前もゾネントスの娘なら、いついかなる時も毅然《きぜん》としていろ」

「……はい」

目元を拭ってもらうに任せるも、溢《あふ》れ出した涙は止まらない。

お兄様から過去に何があったのかを聞いてから、ずっとお父様に会いたかったのだ。

お母様がモント公爵に殺されたという事実は、少なからぬショックを私に与えた。しかもお母様が殺されたのは、お母様に不貞の疑惑があったからだという。

友人の妻の不貞に憤って、あろうことか手にかけるモント公爵の思考が理解できないのはもとより、お母様に愛人のような人間がいたということ自体初耳である。お父様とお母様の夫婦仲が良くなかったというのは知っていたけれど、まさか世間で私が不義の子だと疑われていたとは、全く知らなかったのだ。

けれども、いくら昔のこととといえ、私がお母様のそういった話をこれまで耳にしたことがないというのは、まずもってあり得ない。仮にも国の二大公爵家の醜聞である、当時は相当噂になったことだろう。

にもかかわらず私が知らないということは、誰かが――つまりお父様が、私たちの耳に入らないよう手を回したということだ。

お兄様もお父様から聞くまで知らなかったというのだから、お父様は徹底してお母様の醜聞をもみ消したのだろう。

それはもちろん、家のためかもしれない。

しかし、お母様が別のパートナーと公の場に出ていても完全に無関心で放置していたというお父様が、お母様が亡くなってから急に世間体を気にするとは思えない。

ではお父様は、何を懸念したのか。

幼い子供たちが、母親の心無い噂を聞いて傷つくのを防ぐため……と考えるのが自然だろう。

そう、お父様は、ずっと私たちのことを気に掛けてくれていたのだ。

だからこそ私は、会って、本当は私たちのことを家族として大事に思ってくれていると、確認したかったのだ。

いっこうに泣き止《や》まない私に呆《あき》れつつも、涙を拭う手は優しい。

手渡されたハンカチで鼻をかんで、改めて私はお父様の腕に手を置いた。

「ふん。何が悲しくてモントなんぞに手塩にかけた娘をくれてやるのを祝わねばならんのだ。お前もグスタフから話を聞いたのなら、あいつらがどういう連中かわかっただろう」

相変わらず辛辣だ。けれども、ここに来た時点で、お父様の真意は明らかである。

何より、最終的にロルフ卿と私を結婚させたのは、お父様だ。

今ならば、お父様がロルフ卿との婚姻を進めたのは、単に政治的な取引のためだけではないことを、私も知っている。

そして、何故、お父様が頑《かたく》なに私と連絡を取ろうとしなかったのかも。

やんわりと、含みを持たせて横を歩くお父様に視線を送る。

すると私の言いたいことを察したらしいお父様が、眉間のしわを深めて顔をそむけた。

「……だからこそお父様は、今日まで会ってくださらなかったのでしょう?」

「……」

「私が真実を知って、この結婚を後悔した時のために」

そっと呟《つぶや》きを漏らせば、お父様の歩みが遅くなる。

その意図を悟って、私は甘えるようにお父様に体を寄せた。傍《はた》から見れば、嫁ぐ娘と父親が名残を惜しんでいるように見えるだろう。

「私たちの結婚を最後までお父様が反対しているとなれば、私がこの結婚から逃げ出すための口実になります。すでに公表されているといえども、式を挙げる前であれば、ゾネントスとモントの確執を知る世間は、直前で私たちの婚姻が破綻したとしても仕方がないものとして受け取ることでしょう。だからお父様は、私が悔いのない選択を取れるよう、逃げ道を用意してくださっていたのでしょう?」

私の問いかけに、お父様は無言だ。しかし、その目が雄弁に答えを物語っている。

私に今日会いに来てくださったのだって、私が逃げるつもりなら手助けするつもりで、来てくれたのだろう。

私をエスコートする腕に子供のように抱き付けば、お父様がその歩みを止める。式が行われる聖堂の扉の手前で立ち止まって、お父様が首を傾《かし》げて私に顔を向けた。

「それで。お前の推測通りだとして、お前はどうするつもりだ?」

問うように、確認するように声をかけられる。

無表情ではあるものの、私を見詰める紫の瞳は、静かに深い。そこには確かに、愛情が。

初めて、お父様の心に触れた気がする。

じんわりと温かくなる胸を感じながら、私は再び涙が滲む目元を押さえて微笑んだ。

「私はゾネントスの――お父様の娘ですもの。逃げません」

「ふん。なら、好きにしたらいい」

「はい」

静かに目を閉じれば、お父様がふわりとベールを顔の前に下ろす。

ベール越しにお父様の笑顔が見えたのも一瞬で、すぐに正面に直った私たちの目の前で、聖堂の扉が開かれる。

扉の先、深紅のカーペットが導くその先に待つ人物をしっかと見詰めて、私は万雷の拍手が鳴り響く中に足を踏み出した。

人々の騒めきをものともせず、まっすぐ正面の祭壇へと向かう。

そこで私たちの到着を待っていたロルフ卿の前で立ち止まって、先ほどとは打って変わって冷たく尊大な雰囲気を纏《まと》ったお父様が、舌打ちせんばかりの様子で礼を取るロルフ卿の姿を見下ろした。

「ありがとうございます」

「知らん。私は認めておらん」

「必ずや幸せにすると誓います」

「当たり前だ」

憎々し気に言い捨てて、まるで汚いものでも見るかのように目を細めて顎先を上げる。対外的な演出ではなくて、これは本当にロルフ卿が嫌で嫌でたまらないのだろう。

誰が見ても不本意が丸わかりのお父様に小さく笑みを漏らして、私はそっとお父様の腕から手を抜いた。

代わりに、一歩足を踏み出して、差し出されたロルフ卿の手を取る。

わずかに安堵《あんど》の表情を浮かべたロルフ卿と共に、前に進み出れば、聖典を手に祭壇の前で待ち構えていた司祭が頷いて出迎える。

二人で恭しく首《こうべ》を垂れて両膝をつくと、それを合図に司祭が滔々《とうとう》と朗読を始めた。

「……ロゼ……来てくれて、ありがとう」

「……」

「君は、来ないかもしれないと思った……」

首を垂れたまま、私にだけ聞こえる声で囁《ささや》きを漏らす。

ちらりと視線だけ向けると、憂いを含んだ深い海の瞳に出会って、私は目を伏せて視線を前の床に戻した。

「どうして、私が来ないと?」

「……俺は、ゾネントス公爵と……君の敵《かたき》だ。本当のことを知れば、君は俺を許さないだろうと思った」

苦し気な吐露に、前を向いたまま耳を傾ける。

幸い壇上の司祭は聖典を読み上げることに集中していて、私たちの会話には気付いていない。歌を歌うような独特な節回しで、朗読が続く。

「何より、父がしたことは許されることではない。だから……」

「──だから、私があなたのもとを去ると？」

「……」

続く言葉を引き取って答えれば、顔を歪《ゆが》ませたロルフ卿が押し黙る。

横目で、苦しそうなその顔を眺めて、私は音を立てずに息を吐き出した。

「そうね。全部放り出して、逃げてしまおうかとも思ったわ」

「……っ」

本音を言えば、お母様を殺したモント公爵は許せない。許せないし、余りにも人としての考え方が違い過ぎて、気味が悪い。

多分私は、これからも公爵を許すことはないだろう。

しかし、知らなかったとはいえ、私はそんな人間の娘となってしまった。今はまだ書類の上だけの関係であるけれど、式を挙げてしまえば、世間の認知を得て正式に公爵の娘となってしまう。

果たしてこのまま公爵の思惑どおり、皆の前でロルフ卿と夫婦の誓いを交わしてしまっていいものか。

ずっと悩んでいたのだ。

「でも、あなたは一つ、間違えてる」

聖典の朗読は今や佳境だ。一際大きく、高らかに神の祝福を謡《うた》っている。

目に染みる深紅のカーペットから視線をはがして横を向いた私は、静かに、だけど力強く言葉を口にした。

「あなたは敵じゃない。あなたは私の夫だわ」

「ロゼ……」

「だからこそ、私たちは今、ここにいるのではなくて?」

モント公爵とロルフ卿は、違う。

お母様を殺したのはモント公爵であり、ロルフ卿ではない。

媚薬《びやく》のことも、全てを画策したのはモント公爵であり、ロルフ卿は何も知らずに父親の思惑に巻き込まれた被害者だ。

何よりロルフ卿は、他人を理解しようとはせず意のままにしようとする公爵と違い、他人を慮《おもんぱか》り寄り添う気持ちがある。完全に清廉潔白とは言えないけれど、少なくともロルフ卿は、己を顧みて苦悩し、自省して、正しさを模索する人だ。

そして私は、やはり、そんなロルフ卿が好きなのだ。

「きっかけはどうであれ、私の気持ちは私だけのもので、最終的にあなたを選んだのは、私自身だわ。ロウ、あなたは？」

言い終わると同時に、司祭の合図がかかる。

立ち上がって前に進み出た私たちは、共に片手を聖典の上に乗せた。

「私、ロルフ・フォン＝モント・ラルヴァは、ロゼリア・ゾネントスを妻とし、たとえこの身が朽ちようとも、永遠に愛し、慈しむことを誓います。これは他でもない自分自身の選択であると、神の御前《みまえ》に宣言いたします」

ベール越しに、決然と意志を湛えた瞳が私を捉えている。

本来の文言とは違うこの誓いの言葉が、彼の答えだ。

同じく意志を持って目の前の青く深い瞳を見詰める。

「私、ロゼリア・ゾネントスは、ロルフ・フォン＝モント・ラルヴァを夫とし、生涯愛し、慈しむことを誓います」

私も誓いの言葉を述べれば、ロルフ卿によって花嫁のベールが上げられる。

証《あかし》としての口付けを交わし、司祭によって高らかに夫婦の宣言がなされる。

私たちは寄り添いながら、確かな足取りで、割れるような拍手と舞い散る花吹雪の中に足を踏み出した。

来賓の最前列には、王太子と、その横にミルローゼ嬢の姿も。

祝辞を述べる彼らに礼を取ってから、再びゆっくりと歩みを進める。

お父様とお兄様、反対の席にモント公爵の姿を認めて、会釈で通り過ぎた私は、無言で隣のロルフ卿を仰ぎ見た。

様々な人物の思惑が交差し、絡み合い、もつれて撚《よ》れて、今の私たちがある。そのどれかが一つでも違えば、私たちはここにいなかっただろう。

この感情を、感慨深いと一言で言うには複雑すぎて、どう言い表したらいいのかわからない。

すると私の視線に気付いたロルフ卿が、真剣な眼差《まなざ》しで私を見下ろしてきた。

「俺は、君がどんな選択をしていたとしても、君を愛したと思う」

私の心を見透かしたかのような言葉に、胸がつかえたようになる。

歩みを止めて、改めて人生の伴侶となった人に向き直る。

「俺は、君がどんな人間かを知っている。君の出した答えは、全て君が悩み苦しんだ末に出したものだと知っている。だからこそ、俺は君がどんな選択をしようと、君を愛するんだろう」

真摯に言われて、目の前が開けたかのような感覚に陥る。

選択の結果がその人を形作るのではなく、選択の過程こそがその人の人間性だと、だからこそ私たちは愛し合う結果になったのだと、そう言われた気がしたからだ。

つまり、ミルローゼ嬢と私の明暗は、媚薬騒動の以前——人々の思惑とは関係なく、すでに決まっていた、ということだ。

「たとえ過去に戻れたとしても、俺はきっと同じ選択をする。君もそうだろう？」

「……そう……ね……」

その時その時で、何が最善か、悩み苦しんだ末に選択をしてきたのだから、たとえ過去に戻ろうとも選ぶ選択肢は同じである。

だとしたら。

「これが運命というものなんじゃないかと、思う」

促されて前方を見遣《みや》れば、開かれた扉の先は真っ白な光の世界だ。

再び歩みを進めれば、徐々に目が慣れてくるにつれ、雲一つない澄んだ青空に、輝く太陽が見える。

常に傍らにいてくれる存在があるというのは、こんなにも心強い。

しかもその人は、ずっと私のことを見てくれていたのだ。

そしてこれからも。

改めて、ロルフ卿との出会いに感謝する。

「――ならばこれからは、一緒に、幸せになれる道を探しましょう……」

「ああ」

扉の前で立ち止まり、静かに口付けを交わした私たちは、互いに見詰め合い、微笑み合ってから、共に光あふれる世界に足を踏み出した。

あとがき

このたびは、本作『ロゼと嘘《うそ》　～大嫌いな騎士様を手違いで堕《お》としてしまいました～』をお手に取ってくださり、誠にありがとうございます。

副題のとおりこのお話は、ヒロインであるロゼリアが、思いもしない形で嫌いだと思っていた相手と恋に落ち、紆余《うよ》曲折《きょくせつ》あって結ばれるお話です。この「嫌いだと思っていた」、「～だと思っていた」という部分を書いてみたいなあ、と思って書き始めました。

物語は、全体を通して登場人物の一人称、つまり登場人物それぞれの視点で語られます。だから、どんなにロゼリアが「嫌われている」と思っても、あくまでそれはロゼリアの感覚であって、実際にロルフに嫌われているかというと違います。

当たり前のことではあるのですが、自分から見た視点と、他人から見た視点は、共有部分はあれども、それぞれがそれぞれに違う景色を見ています。

しかしながら現実世界では、この他人から見た視点、景色は、想像することはできても、実際に見ることはできません。加えて、ごく当たり前のことゆえに、自分の視点が全てではないということを忘れがちです。自分以外の誰かの視点、景色を見、知ることができるのは、物語だからこその楽しみなのではないかと、個人的には思っています。

この「自分は～だと思っていたけれど、実は～だったんだ」的な気付きの楽しさが好きで、多角的視点のお話を書いて（読んで）みたい！　と思った次第なのですが、やっぱり難しいですね（汗）。

本当は、もっとロルフが何を考えているかわからないヒーローにしたかったのですが、むしろわかりやすく、早々にヒロインにデレてしまいました（笑）。多分、イチャイチャする二人が見たいという作者の邪《よこしま》な思いが、ダイレクトに反映した結果かと思われます。無意識って怖いですね！

そんなこんなで、当初の予定とはだいぶ違ったヒーロー像になってしまいましたが、なんだかんだで欲望に忠実な、お気に入りのキャラになりました（ちなみに一番のお気に入りはお父様たちです！）。

そして、自分では気づいていなくても、必ず自分の行いは誰かが見てくれている、一人だと自分では思っていても、本当は一人ではない、選択の過程こそが大事なのだ……という気付きと、何より救いを得ることができたロゼリアを書くことができて、満足です。

最後になりましたが、このお話を本として刊行するために携わってくださった皆々様、いつも楽しく支えてくれるにーべこの皆、わけても様々ご尽力くださいました担当編集様、ため息が出るほど素敵なイラストを描いてくださった篁《たかむら》ふみ先生、誠に、誠にありがとうございます。

何にも増して、この本を手に取り、読んでくださった皆様に、心から感謝申し上げます。

ありがとうございました。

碧《みどり》　貴子《たかこ》

作品のご感想、
ファンレターを
お待ちしています

あて先
〒141-0031　東京都品川区西五反田 8-1-5 五反田光和ビル4階
ライトノベル編集部
「碧 貴子」先生係／「篁ふみ」先生係

スマホ、PCからWEBアンケートにご協力ください

公式HPもしくは左記の二次元コードまたはURLよりアクセスしてください。
▶ **https://over-lap.co.jp/824011633**
※スマートフォンとPCからのアクセスにのみ対応しております。
※サイトへのアクセスや登録時に発生する通信費等はご負担ください。

ロサージュノベルス公式HP ▶ **https://over-lap.co.jp/rosage/**

Rosage Novels

ロゼと嘘
～大嫌いな騎士様を手違いで堕としてしまいました～

発行　2025年4月25日　初版第一刷発行
著者　碧 貴子
イラスト　篁ふみ
発行者　永田勝治
発行所　株式会社オーバーラップ
〒141-0031
東京都品川区西五反田 8-1-5
校正・DTP　株式会社鷗来堂
印刷・製本　大日本印刷株式会社

ISBN　978-4-8240-1163-3 C0093

【オーバーラップ　カスタマーサポート】
電話　03-6219-0850
受付時間　10時～18時（土日祝日をのぞく）

勘違い結婚
偽りの花嫁のはずが、なぜか
竜王陛下に溺愛されてます!?
森下りんご
Illustration m/g
勘違いで竜王陛下から求婚!
偽物の花嫁なのに、なぜか溺愛されてます!?
「小説家になろう」発、第7回WEB小説大賞『銀賞』受賞!
田舎にある弱小国の王女・ミレーユ。彼女のもとに突然、大国の王・カインとの縁談が舞い込んでくる! 曰く、祈念祭で一目惚れをしたと。しかし、ミレーユは今年の祈年祭には不参加。すぐに人違いだと発覚するが、父王の指示で嫁ぐことになってしまい——!?
OVERLAP NOVELS f

OVERLAP NOVELS f
周囲から恐れられている「氷の宰相」が——!?
「君のことが好きで好きで好きすぎるんだ」
仕事人間な伯爵令嬢は氷の宰相様の愛を見誤っている
～この婚約は偽装、ですよね？～
杓子ねこ
[絵]すずむし
コミックガルドにてコミカライズ！
宰相補佐の仕事に日夜励む令嬢・オリヴィア。一切の私情も挟むことなく政務をこなすことから“氷の宰相”として恐れられているアーサーの補佐として、忙しくも充実した毎日を送っていた——ある日のこと。
「オリヴィア嬢。俺と結婚してくれないか？」　「……はい？」
突然、アーサーから求婚されるも——そこには、ある目的があって……!?

OVERLAP NOVELS f
生贄姫の幸福 1
~孤独な贄の少女は、魔物の王の花嫁となる~
Happiness of Sacrificial Princess
雨咲はな
ill. 榊空也
第8回 WEB小説大賞
金賞
受賞!
贄となって食べられるはずが、
花嫁として魔物の王に優しく愛されて——!?
生贄として魔物に身を捧げて死ぬことこそが
「幸福」だと教え育てられた第二王女・リーディア。
ところが、いざ目の前に現れた魔物の王・ルイから告げられたのは……!?
「やっと見つけた、俺の——花嫁さん」
孤独だった贄の少女が本当の愛を知る珠玉のシンデレラストーリー。

雨傘ヒョウゴ
ill.LINO
ウィズレイン王国物語
~虐げられた少女は前世、国を守った竜でした~
コミックガルドにて
コミカライズ!
前世は竜。今世は令嬢!?
友と死にたかった竜は、
共に生きる意味を見つける——。
男爵令嬢エルナはある日、竜として生きた前世の記憶を思い出した。
初代国王である勇者を背に乗って飛び回ったそんな記憶。
しかし、今世は人間。人間としての生を楽しもうと考えていた。
そんな矢先、国の催しで訪れた王城で国王として
生まれ変わった勇者と再会し——?
OVERLAP NOVELS f

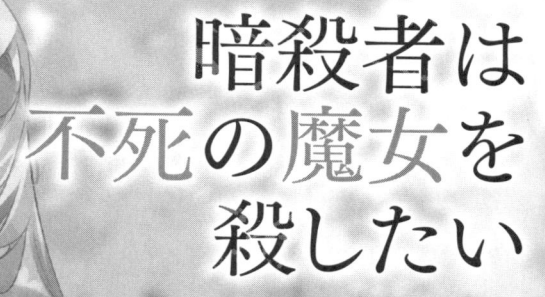

OVERLAP NOVELS f
聖人公爵様がラスボスだということを
私だけが知っている
～転生悪女は破滅回避を模索中～
しきみ彰
ill. 桜花舞
破滅予定の悪女に転生したので……
婚約者のラスボスフラグをへし折ります！
小説「亡国の聖花」の悪女に転生したグレイス。小説ではヒロインを虐めて破滅するが、その全てはグレイスの夫リアムに仕組まれたものだった。そんな記憶を思い出し、グレイスはリアムを避けるように。しかし、その行動によってかえって目をつけられてしまい――!?

“恋”と“魔法”の物語
誰にも愛されなかった醜穢令嬢が幸せになるまで
～嫁ぎ先は暴虐公爵と聞いていたのですが、気がつくと溺愛されていました～
末っ子皇女は幸せな結婚がお望みです!
The Youngest Princess Hopes for a Happy Marriage!
婚約破棄された完璧すぎて可愛げがないと隣国へ売られる聖女は
ループ7回目の悪役令嬢は、元敵国で自由気ままな花嫁生活を満喫する
© 青季ふゆ・雨川透子・桜あげは・紫音・玉響なつめ・中村猫・冬月光輝・みりぐらむ／オーバーラップ
イラスト：白谷ゆう、八美☆わん、くろでこ、凪かすみ、ニナハチ、コユコム、昌未、ゆき哉

OVERLAP NOVELS f
あなたに贈る
二度と家には帰りません！
I'll Never Go Back to Bygone Days.
侯爵家の次女は姿を隠す
家族に忘れられた元令嬢は、薬師となってスローライフを謳歌する
ルベリア王国物語
～従弟の尻拭いをさせられる羽目になった～
芋くさ令嬢ですが悪役令息を助けたら気に入られました
オーバーラップノベルスf 毎月25日刊行！

第13回オーバーラップ文庫大賞原稿募集中！
まだ見ぬ世界を、君の手で
【賞金】
大賞…300万円
（巻刊行確約＋コミカライズ確約）
金賞……100万円
（3巻刊行確約）
銀賞………30万円
（2巻刊行確約）
佳作………10万円
【締め切り】 第1ターン 2025年6月末日 第2ターン 2025年12月末日
各ターンの締め切り後4ヶ月以内に佳作を発表。
通期で佳作に選出された作品の中から、「大賞」、「金賞」、「銀賞」を選出します。
投稿はオンラインで！ 結果も評価シートもサイトをチェック！
https://over-lap.co.jp/bunko/award/
〈オーバーラップ文庫大賞オンライン〉
※最新情報および応募詳細については上記サイトをご覧ください。
※紙での応募受付は行っておりません。
イラスト：KWKM